旅思云想

田刚 著

中国华侨出版社
·北京·

图书在版编目（CIP）数据

旅思云想 / 田刚著 . -- 北京：中国华侨出版社，2021.2
　ISBN 978-7-5113-8505-5

　Ⅰ . ①旅… Ⅱ . ①田… Ⅲ . ①散文集－中国－当代 Ⅳ . ① I267

中国版本图书馆 CIP 数据核字 (2021) 第 009611 号

旅思云想

著　　者 / 田　刚
责任编辑 / 王　委
封面设计 / 王子东
经　　销 / 新华书店
开　　本 / 710 毫米 ×1000 毫米　　1/16　　印张 / 13　　字数 / 123 千字
印　　刷 / 北京天正元印务有限公司
版　　次 / 2021 年 2 月第 1 版　　2021 年 9 月第 2 次印刷
书　　号 / ISBN 978-7-5113-8505-5
定　　价 / 58.00 元

中国华侨出版社　北京市朝阳区西坝河东里 77 号楼底商 5 号　邮编：100028
法律顾问：陈鹰律师事务所
发行部：（010）64443051　　传　真：（010）64439708
网　　址：www.oveaschin.com　　E-mail：oveaschin@sina.com

如发现印装质量问题，影响阅读，请与印刷厂联系调换。

让旅行成为一种探寻
（自序）

说来有趣，我本是一个肢体不勤的人，并不喜欢辛苦地旅行，但是在因故不得不外出，而且是出境万里行的时候，出于给旅行添加一点儿乐趣，以缓解被动出行的心理负担的考虑，我给自己下了一个任务，"必须去探寻某一个问题"。未曾料到，这样一个被逼出的决定，竟使自己"初出茅庐"就站在了一个较高的起点上，不仅肢体和思想都得到了营养和愉悦，而且还从此爱上了旅行。一路而来，将带着问题探寻的旅行整理成文章，已累积到 10 多万字，它是我的意外之得，更是我的人生财富，包含着万里长空、山水城乡及遥远古迹中的见闻和思考，我将它命名为《旅思云想》。

我带着文化的问题旅行，目光总是搜索着景观背后的文化背景。于是有了新加坡中华文化迁徙流变的找寻和思考；有了日本民族文化和性格形成原因的分析；有了欧洲老人生命存在状态的文化比较，以及呼和浩特草原山林文化中，中俄文化的交融探索，使鹿部落退出原始文化环境的价值判断，等等。因为带着文化的镜头聚焦所见，摄入的旅行见闻呈现出厚重鲜活的文化背景，成为文化之旅。

我带着历史的问题旅行，目光总是伸向更为辽阔的历史时空。于是有了河西走廊的丝路之旅，面对骆驼城的残垣断壁，去复现它千年都城的原貌，去填补万国博览会的盛况和起起伏伏的历史蹉跎；面对寂然孤立的阳关烽燧，去找寻淹没于历史烟云里的刀光剑影、报国壮怀和中原远望。于是有了在博物馆的石棺和碑刻前发现找寻的线索，在晋江南岸的丁氏祠堂里定位一个西域民族的文化演变，包括西安城墙的千年故事，欧洲大地的犹太面孔，等等。将旅行所见放到历史的时空中考察，景观和人事，包括我自己，都变得立体和通透，旅行也因此成了历史探寻之旅。

古语"读万卷书，行千里路"，读和行既是印证和深化的关系，也是同一的关系。行路也是一种阅读，别说没有文字的时代，即便是今天有文字的时代，在鲜活的世界面前感知和辨析世界，不也是一种阅读吗？我将把两种阅读结合起来，在文化的引领和历史的观照下，继续我的探寻之旅。

2020年元月于漳州

目 录

恩　赐	1
悠长里的忧伤	6
呦呦鹿鸣回眸间	12
只有云知道	18
印象边城	24
冬日小镇	30
旭岳交响	36
礼　遇	41
禅　林	47
一沙一世界	51
芸芸众相和，人鸟两不惊	58
马特洪峰：未曾缺席的长者	63
人生亦无常	68
心是如何被"偷走"的	72
雾里羊角	76
城中央的纪念	81
街如T台美人来	86
绿野花心	90
也是星辰	94

万里异国做中餐	100
幻世静美	104
人在角落里	109
客向何去	115
绿　洲	121
幽泉之扰	126
心中的故乡	131
荒城长空	136
阳关寻	142
厚重的印章	147
新加坡，我的一位陌生的亲戚	153
相　见	158
执手束河	164
在那一瞬间	175
乡愁是一扇关闭的门	181
探秘鬼市	186
桥里桥外	191
夜探紫禁城	196
邂　逅	199

恩　赐

到内蒙古呼伦贝尔旅行，常在绿绒般的草原高坡处看到经幡飘扬的圆形石堆，那是早已耳熟的"敖包"。但数十年来，我对敖包的认识仅限于一首名叫《敖包相会》的蒙古族情歌，便以为敖包就是情人约会的地方。这种"听歌生义"、浅尝辄止的习惯，使我"误解"了敖包数十年，竟然不知它是蒙古族祭祀神灵、感恩上苍的圣坛。

感恩"长生天"赐予天堂般的草原美景，温柔抚慰牧民们盼归望穿的双眼和辛劳疲惫的躯体，陶冶牧民们自由奔驰的思想和浪漫的心灵，以至外来的游人也在这美景的赐予中得到精神的恩惠，得到感恩的形象教育。

到过呼伦贝尔大草原的游人都会有一个共同的感受，那就是被草原的美丽震撼得"理屈词穷"，只在一个"美"字上激动和"挣扎"，因为草原的美丽已经超乎了人心的经验和想象，即便你行前已浏览过她的图片，也无法在现实的情境中有更贴近的印证。现实的草原是一幅鲜活的立体画，色香味息都有，图片、影像是无法呈现和替代的。美比天堂的草原立体地展现在人们的眼前，其产生出的魅力竟会大到使人呼吸急促，逼着人们急于要用最美的词汇来赞美草原和释放激动。这种因美而词穷和挣扎的珍贵体验是草原所赐，更是自然神灵的恩赐，恩赐艰苦却心存向往的游牧民族，恩赐被物质名利压迫得理性如铁般僵硬的城市人类。

只要你走进草原，让草原无边无际地包围你，你像扎根在草原上似的，此时，你就会发现，绿草如茵输给了绿草如绒，绿草如绒又输给了绿草如香。草原的香气是微风里来的，更是从牲畜的咀嚼里来的，青草的清香在牲畜不停息的咀嚼搅动下被加强，青草被唇齿截断的一刹那，纯净的香气便加速发散开来，草原上下便飘荡着一种混合着牛羊气息和泥土气息的特殊的草香，让人真切地感受到一种灵动的生命之美。目之所见，肤之所触，鼻之所嗅，心之所感，草原的美丽对人是全面俘获性的。因此，在这样一种美丽和魅力面前，最好的感受和感恩就是用心去相迎和相融，而花气力调动词汇进行照相似的描绘，只会是对美的折损。

感恩"长生天"赐予草原、牲畜和生命。对于生活在农耕地区的人们，草原的印象和认识大都限于诗歌的赞美，"美丽的草原我的家，风吹绿草遍地花，彩蝶纷飞百鸟唱，一湾碧水映晚霞，骏马好似彩云朵，牛羊好似珍珠洒"。草原呈现给人们的是一派春光和万般生机与祥和。人们沉浸于诗歌的描绘与

恩　赐

赞美之中，以为这就是草原的全部，少有思考浩瀚无际的草原，无论平地和山丘，为什么只长绿草，不生树木，浩浩荡荡、起起伏伏，一片柔和迷人的绿，是春光只钟情于绿草阔野吗？其实稍作思考就会生出疑问，我国的草原集中于西北、西南地区，属气候生态相对严峻的区域。草原的出现不是春光偏爱，而是地薄、雨少，不适合木本植物生长的艰难选择。这个选择者依然是大自然，在蒙古族人的心里就是主宰万物、恩赐生灵的神灵"长生天"。知此，我们就能理解蒙古族以天为父，视地为母，祭天，祭地，祭山，祭水，祭万物的祭奠文化和感恩情怀的内在依据了。

草原是神灵的恩赐，因为有了草原，黄沙才收住了虎视眈眈的脚步；因为有了草原，蒙古族的祖先才能够在大兴安岭的密林深谷点起篝火，召集部落会议，做出结束狩猎，走出大山，进入草原，开启游牧新生活的伟大决定；也因为有了草原游牧的视野，才有了一代天骄的诞生、蒙古部落的统一，以及蒙古帝国的雄图伟业。草原是游牧民族的生命，因此，他们对草原的感情来得那样的真诚和敬重，他们不允许用利器触挖土地，更不允许擅动水边的湿地。孩子问母亲，我们为什么总是不停地搬家？母亲说，我们要是总固定在一个地方，大地母亲就会疼痛，我们不停地移动，就像血液在流动，大地母亲就会感到舒服。古老的传说在形象地传达着保护草原的情怀和观念。

这种情怀和观念还生动地反映在蒙古族的殡葬习俗和规定

里。亲人亡故，将尸体放在勒勒车上策马飞奔，颠簸落地之处就是亲人埋葬之地，但葬而不起塚，"以马践踩，使平如平地"，不占用青草的位置。这项习俗和规定，连贵为大汗的成吉思汗铁木真也没有例外，"若忒没真（铁木真）之墓，则插矢以为垣，阔逾三十里，逻骑以为卫"。(《黑鞑事略》) 其墓虽有"插矢""逻骑"之遇，但同样平如平地，未占青草之地。我不知道成吉思汗墓址至今都不明的原因，但想到千百年春来寒往，草生草长，无数牧民的亡躯隐没于茵茵绿草，与茫茫草原融为一体的场景，心灵深处便生出一种厚重的敬佩与感动。

神灵赐予牧民草原是连同着河流与牛羊牲畜一道相送的，这真可谓天大的关怀。草原、牛羊、牧民三位一体，依次传递生命能量，又相互依存和调节，不可分离，这是一个充满温情的链条与组合，组合在绿色的草地，金色的阔野，白色的雪原。在蒙古牧民的眼里，草原万物都是有生命灵性的，都应给予敬重，这种基于游牧生活经验的朴素自然观念，竟然早早地站到了现代自然观的高地，真让人感慨万千。

说到自然灵性，我想起在中俄边境公路的一次遭遇来。当时我正驾车行驶，远远地看见道路中央被一马群占据，原以为只是偶然性的停留，待靠近了停看，发现马首一律向里，围作一圈，马首相互摇摆，如窃窃私语，又像集会商议什么事情。我的猜测很快得到了印证，马群的近旁有一倒伏的马体，像是死亡或残喘，路坡下又见一马同样倒伏，近旁也同样出现围作一圈，久久不散的马群。两个马群，两匹倒伏的马体，这不是油彩堆出的画作，而是在现实的草原里发生的关于生命危机的救助、哀悼与关注。自然万物，皆有灵性，人在其中，虽然为生存不得不以竞争获得能量转换，但更需保留一颗温情感恩的心，这绝不是迂腐和愚昧。

　　自然神灵给予蒙古族的恩赐是无法尽数的，生命之赐以外，更有民族的文化和民族性格、气质的恩赐，这绝不是浮夸虚妄的恭维之言。试想，没有对草原和牲畜的依赖，哪有发自内心、融于血脉的自然崇拜？没有游牧生活和生存的艰难及群体合作，哪来开放、诚信的民族文化？没有信马由缰、辽阔无边的草原，哪来豪爽、自由的性格与宽广、浪漫的民族情怀？是自然造就了伟大的草原民族和草原文化，是深受其惠的草原子民由衷地在草原的高地堆叠起石垒，在这个叫敖包的圣地，挂上彩艳的经幡，插上生命的树枝，献上肥美的牲畜，鞠躬拜地，仰首敬天，表达无限虔诚的感恩之情和祈福心愿。

　　恩赐，源于自然；感恩，源自内心。草原于我也有见识和陶冶之德。

悠长里的忧伤

"总想看看你的笑脸，总想听听你的声音，总想住住你的毡房，总想举举你的酒樽"，是歌声招引着人们，从四面八方奔向歌里的草原，想去看美景，想去醉天堂，而我却怀揣着另一个许久的疑问，想去探究蒙古族歌曲里云雾一样深深浅浅的忧伤。

为什么高原汉子的歌喉那样温柔？为什么草原姑娘的歌声那样高远？为什么蒙古族歌曲的旋律悲欢高低总含着忧伤？为什么蒙古族歌曲的情怀、旋律特别能拨动人心的丝弦，撩拨起万千熟悉的思绪，心潮起伏泪欲流？这似乎与粗犷刚烈的马背民族不相符合，与粗放落后的游牧生活不相契合。带着一堆的问题，我来到了蒙古民族的发祥地呼伦贝尔。

与草原在现实里相见，草原似乎早知道我的心事，用她的面容和身姿向我做了最直接的答疑：草原是山地与平原的组合，起伏旷远是她的身姿，茵茵绿草是她的面庞，弯弯河流是她的眉眼，温柔与深情则是她自然天成的性格。日夜与其相伴，再粗犷刚烈的汉子也会多了细腻；再羞涩谦缩的姑娘也会被激励，而昂首远望，心胸辽阔。

　　事实真是这样，随着我们旅行的展开和深入，草原的答疑不断地得到印证。初秋的草原还保留着夏天的绿意，驱车在几乎与草地平齐的公路上，如同摄影机在移动，草原的美景从不同方面涌来，如入波谷起伏的绿色海洋——这不是一个会引发吼叫和躁动的环境，它让人走向澄净和深情。驻车走入草原，温馨伴着柔和如云雾一般涌来，绿草像绒毯一样，密密地覆盖在起伏辽阔的大地上，棱角全无的大地现出柔滑宁静的曲线，草原的远大超乎初到者的想象，延延展展，浩浩荡荡，一望无际，让人相信可以安置最大的城市、最多的人口，依然还会宽绰有余；还有那条会让人顷刻间忘记一切的河流，隐隐现现，迂回曲折，始终就没有完全离开过我们的视野，现在站在她的跟前，竟然惊奇地发现她完全就是一条扭动在碧海里的游龙，更令人惊异的是，她的扭动像是千百年前就已经完成了的，现在只是安静地匍匐在草原上，合着闪动的微波，既给绿野增添了灵动，又营造了更大的旷远和宁静。千百年前的那场扭动应该是很剧烈的，不是因为痛苦，而是为了多形成几道曲折，使牛羊们饮水吃草两相方便，不想这善意却造出一幅草原里绝美的画，牛羊的身姿点缀在河流的一道道弯折里，与晶莹的波光相映照，绿草旷野释放出直袭人心的浓浓暖意和醉人的安详。

　　都说人是环境的产物，一方水土养育一方人，这其中是包括情绪、情怀和气质、性格的。草原文化与草原地理环境密切相关，作为文化体现的音乐自然如此。山川浸润，云水育化，使蒙古族的歌喉里流淌出深情悠远、柔和细腻的旋律，并激发和感动着更多草原文化地域以外的人们。但忧伤又如何解释呢？美如仙境的草原，柔和温馨的牧场，怎么会产生忧伤的情愫和旋律呢？

其实，这是人们认识上以点代面的局限所致。春光明媚，绿野仙踪，只是草原容颜的侧面，四季当中，更长的时间里，草原呈现给人们的是枯黄萧条和朔风酷寒。一年当中的多数时间里，牧民一方面要承受转场迁徙之艰辛，一方面要担忧天灾突降，使牛羊牲畜失散或冻毙。骄阳、雨雪、跋山、涉水、风餐、露宿，才是草原和游牧生活的常态。最难以忍受的还是孤单和孤独。为了合理利用食草资源，防止过度使用和无草可用，牧民们要根据季节的不同，不停地驱赶牲畜，转场迁徙，因此，离散和疏散是游牧生产和生活的必须选择，由此而来的就是不可避免的孤单和孤独。

"草原上人特别少，方圆二十公里只有五六户人家，互相来往很少，有时候十天八天也见不着一个人。每天和姥姥赶着羊群，从早晨到傍晚。"这是蒙古族歌唱家腾格尔回忆儿时草原生活的描述。孤单和孤独是全体牧民的经历和记忆，千年以来，已经流进血液，成为一种文化的记忆而在人们的意识和情怀里沉淀下来。我们在黑山头镇的一家民宿住宿，用餐时趁着酒兴与老板谈到蒙古族歌曲为什么总是含着忧伤的话题，老板有过牧区放牧的经历，他肯定地选择了孤独，"在草原看星星，看绿草，那是文人的兴趣，我们只喝酒，太孤独！"民宿老板的话让我想起旅途中几次看到的场景：一个牧羊的男子，坐在隆起的沟坎上，神情呆滞地对着面前的羊群，目光却不在羊身上；一位放马的青年，斜靠在草场的栏杆上，目不转睛地看着手机，不远处的草地里独立着一辆歪斜的摩托，再远的山坡上，是正在默默吃草的马群。人畜两处，人无聊赖，不知已有多长时间，不知还要多长时间。要知道，这还是在初秋的温爽时节。审美体验和生活体验是绝然不同的，真要作为一种生产方式和生活方式参与其中，兴趣的重心是不会在诗情画意上面的。"天地那么大，人那么小，在这种环境下艰难成长的草原人，既是豪放的，也是忧伤的。孤寂、艰难的生活，表现在音乐上，可能就是忧伤的长调。"同样是一位蒙古族的著名歌手，她向我们委婉地解答了孤独、寂寞造成歌曲旋律中包含忧伤元素的问题。

但更重要也更值得我们去探究的问题是，在蒙古族歌曲中，孤独与忧伤的关系并不是单一的因果关系，或者说，即便不是表达孤独寂寞的歌曲，旋律之中，依然时常流露出一种或浓或淡的伤怀。忧伤，在蒙古族歌曲的旋律和意境里，像是盐融化于水中，无法剥离一般。这样的例子可以轻松举出，如《蒙古人》是一首唱腔刚硬的歌曲，所表达的是对草原故乡的思念和赞美，但马头琴的旋律如在心底沉吟，歌曲的旋律如在宣泄着无尽的乡愁，"洁白的毡房炊烟升起，我出生在牧人的家里"，宁静的意境，平常的歌词，竟涌现出一种幽淡的苦味，并弥漫整首歌曲。因为故乡是旷野里孤单的毡房，思念是风雪里凌乱的白发，这是牧民心里刻骨的记忆，历经千年，忧伤已经成为一种民族文化的记忆遗传下来，当发而为歌，很容易就带入到忧伤的旋律和情绪之中，从而形成蒙古族歌曲的一种特有的风格和魅力。

相比于孤寂、艰辛的游牧生活的影响，苦难惨痛的民族发展历程则是更为深刻和深远的。马背上的伟大民族，曾挥舞着闪亮的马刀和"上帝的鞭子"，东讨西征，所向披靡，对建立中华版图、促进世界交流作出过突出的贡献，但就个体和集体的人心体验与生命感受而言，战争，特别是成为历史常态的战争，必然是沉重和痛苦的。自铁木真称汗建立蒙古帝国，到蒙元统治结束的一百六十余年里，战争与征杀已成为立国的重要手段，灭鞑靼、杀乃蛮、伐西夏、攻金宋，包括横跨欧亚的三次西征，刀光剑影、硝烟战火的状况就没有停止过。举国而战，如此巨大的战争车轮持续地滚动，所需要的资财数量必然是浩大的，百姓在赋税负担和战争恐惧的重压之下，出现典卖财产、出卖妻儿和逃避兵役的现象。可见战争给百姓留下了多么惨痛的心理阴影。

那场持续了四十一年的蒙古大军西征，在东自中国，西至奥地利、莫斯科的万里征途、血光战场上，有多少顶风冒雪，躬身前行的将士扑倒于戈壁，横死于城垣，草原的毡房前，又有多少妻儿望断鸿雁，终未等到亲人回归。苦难一旦在一个民族的历史中长时间延续，忧伤的心理就会成为一种文化的基因被遗传下去，特别是在以抒怀为主的歌唱艺术行为中，会鲜明而自然地流露出来，可能连歌唱者自己都不一定察觉。这或许就是蒙古族歌曲的旋律流动起来时，无论悲欢和刚柔，似乎总是带着忧伤成分的重要原因吧？

忧伤是一种消极的情绪，忧伤的旋律却是积极的，因为艺术的忧伤可以给听者积极的审美感受。这是一种很有意思的审美现象和规律，伤怀的音乐更为感人，因此也更容易传播。忧伤是人类深层情感的表现，也是最真实、最深刻的生命体验和最需要宣泄与抚慰的心理情绪，蒙古族歌曲渗透忧伤元素的旋律和风格，以及侧重思乡怀旧、追念亲人和自然崇拜的题材与情怀，更能触动人心的软处、唤醒人生的记忆，满足现代城市人类排遣生存压力，宣泄心中积郁烦恼，找寻生命故乡的心理情感需求，所以，当来自草原的悠长旷远的旋律响起，在淡淡的忧伤和深沉的歌声当中，人们心田的冰壳被瞬间融化，往事纷呈，心有旷野，不禁沉浸而舒怀。蒙古族歌曲也突破草原的地域，在更广阔的天空里萦绕和飘荡。

呦呦鹿鸣回眸间

　　人的思维一旦被惯性左右，不是可怕就是可笑。到呼伦贝尔旅行，心里和眼里只有草原和蒙古族，其他的景物和人事都在意识之外，未曾想一个"到此一游"的决定却给了我开启新视角的契机。

　　从海拉尔启程，车至额尔古纳区域，"白桦林景区"的招牌在路边出现。在且为一看的心理指导下，买了门票进入。我看过日本美瑛冬日的白桦林，但只是屈指可数的一小片，这里的白桦林却是茫茫林海，密密丛林了。这时才意识到，呼伦贝尔大草原是靠河的草原，也是依山的草原，东侧的大兴安岭孕育了西侧的额尔古纳河，山河相拥，共同养育了草原和山林的民族，山才是草原的母亲。如此一想，便对眼前的白桦林有了一种别样的感情。沿着木制的栈道在亭亭玉立的树林里漫步，阳光从疏密的枝叶间洒下，金光闪耀，像有精灵在林间活动。树林密密层层，深不可测，忽有悠长的唢呐声从深处传来，是一位游客的自娱之举，却强化了时空的悠远。看得多了就发现白桦树有鲜明的丛生特点，和别的树木不同，别的树木若是出现并蒂的两棵，总容易引申出动人的爱情或亲情故事来，白桦树则处处是三棵、四棵的并生，围拢在一起，将洁白修长的身体笔直地伸向太阳和蓝天。白桦树，应该是更有生命灵性和象征意义的树。

栈道的转弯处出现了一个锥形的"窝棚"，通体用桦树皮层叠着包裹，留一长方的孔洞做门，这是鄂温克族人居住的"撮罗子"。旁有木栅围起的空地，几只供人参观的驯鹿神情有些黯然地曲伏在地上。虽是景区的人工设置，但一下子唤醒了我的方位感和历史意识——我已在大兴安岭的林海，白桦树的故乡，中国最后一个狩猎民族，鄂温克族人的活动区域了。

白桦、驯鹿、猎枪、山林、河流、篝火，鄂温克，一个悠远山林民族的身影晃动着进入我的眼帘。历史只有走出书本才会现出活性，文化只有回到现场才能生出花朵枝叶。在鄂温克族的活动区域去想鄂温克族的话题，别有一种贴近感和立体感。

将时光拉回到三百年前的某一天，那应该是一个风雪弥漫的冬日，鄂温克族最遥远和神秘的一个支系，从贝加尔湖启程，赶着一队长着犄角的驯鹿，走过漫漫雪原，走过额尔古纳河，留在了根河最北的敖鲁古雅河畔。"使鹿鄂温克族人"由此成为大兴安岭的主人并发展为中华民族的族群。

三百年春去冬来，三百年生命更替，时光不仅是一个时间长度的概念，更是一个生命情怀和文化记忆的概念。我们每个人都有自己的故乡，牧民的故乡在草原，农民的故乡在田园，市民的故乡在街巷，使鹿人的故乡则是山林。对于鄂温克族人，山林不仅仅是一个居住生活的物理空间，更是一个留下悲欢离合与生命成长的情感寄托。父母所在是家园，情怀所寄是故乡，鄂温克族人对山林故乡的记忆和依恋是深刻在心底、无论时光怎样蹉跎都清晰不忘的。让我们一起来看看鄂温克族人心底故乡的样子："传唱祖先的祝福，为森林的孩子引导回家的路，我也是森林的孩子，于是心中就有了一首歌，歌中有我父亲的森林、母亲的河，岸上有我父亲的桦皮船，森林里有我母亲的驯鹿，山上有我姥爷隐秘的树场，树场里有神秘的山谷。"这是一位被称为鄂温克族天才的诗人在酒后意识朦胧中的"诗作"，尽管诗文跳腾，也不讲究修辞韵律，但故乡的记忆和情怀一点也不凌乱，那就是"我也是森林的孩子"，心里永远记得森林、山谷、河流、驯鹿和桦皮船，永远记得父母祖辈辛劳的身影和慈爱的面容，还有穿梭山林的好奇与快乐。为故乡而歌唱，是因为故乡一直能引导自己找到回家的路，就像听到鄂温克主人召唤能够返回到撮罗子周围的驯鹿。言为心声，歌以咏怀，鄂温克族人故乡的记忆和依恋依然在心。正是这份记忆和依恋将全体鄂温克族人紧紧凝聚，共同对抗风雨苦寒，一起品味收获的快乐。

　　但也许是山林给予鄂温克族人的拥抱太长太久，到了要松开双臂放松活络的时候；也许是白桦树给予鄂温克族人的供给太密太多，要为自身的生息留出空隙；还有那些为鄂温克族人提供主食的熊狍驼鹿，因被其他黑头发的人类太多捕猎而要安静地繁衍生息。总之，自然和历史要鄂温克族人迁出山林，到山林以外的地方建立家乡，到比撮罗子更能遮风避雨、保温避寒的新屋安顿身心。但身安不见得心安，切断了与山林的联系，上缴了肩上的猎枪，离别了呦呦鸣叫的驯鹿，就等于切断了过往的生活和千年狩猎的文脉。迁到山下新乡的鄂温克族人陷入了一种痛苦的慌乱和迷茫之中。这种痛苦叫作回首却回不去，前行却不知行，就站在陌生里慌乱和迷茫。

　　鄂温克族人的痛苦和迷茫，在自然的选择和历史的进程面前要给予理性的看待。且不论迁离山林是生态建设的需要，仅就文化发展的规律而言，建立在氏族社会基础上的狩猎文化终将退出历史的现场，而以一种文化记忆和纪念的形态存在于社会生活之中。渔猎—游牧—农耕，直至城市商业、工业等，这是人类社会发展的共同路径，具体的民族可以在某一个阶段上迟步停留，但终究要赶上集体的步伐，不参加这种历史发展的文化合唱，你的声音就会微弱，你的站位就可能靠后。所谓与时俱进，就是这个道理，历史并不会因为有人留恋过去而慈悲地停下脚步。事实也正是如此，在敖鲁古雅的鄂温克族人为离开山林，不能再做"大山林里的人"而痛苦迷茫时，他们更多的同族早就走入了草原和田园，开启了畜牧和农耕的生活，甚至进入了现代社会的机构，成了城市的服务者和管理者。我在鄂温克族自治旗博物馆就看到了这样的鄂温克族人。他们是博物馆的工作人员，除了高颧骨的方脸和深陷的眼眶，其他一切都已与汉人无异。"你们这是……"他们立即明白了我的意思，平静地回答："事业单位。"事业单位，这对还在大山里狩猎、驯鹿的鄂温克族人是多么陌生而奇怪的名称。即便是还在挣扎徘徊的鄂温克族人，他们的后代也已不愿再过猫在树丛中狩猎和追着驯鹿满山跑的生活。

还有一个事实也需要以平静的心态坦然面对，那就是文化离开了它所产生的地域，首先就会受到其他文化的频繁冲击，新来的文化要想生存就只能做出有条件的妥协，这种文化上的妥协就是融合，包括民族文化的融合，以及异域文化的融合。吃馒头大饼，也吃黄油面包；说汉族话语，也跳本民族舞曲，包括婚丧嫁娶等，无不融合了两个异域民族的文化，而正因为要融合共生，原来的文化就都发生了变化。这种融合往往又不是平行的，如语言的变化就是不平行的表现，因为语言承载着思维和记忆，语言也体现文化的属性和强弱。文化随人走，鄂温克族人的文化势必做出融合性的妥协；离开驯鹿狩猎文化产生的山林，驯鹿人的文化终将在代际更替的变化中走向博物馆，走向歌舞剧场，以一种记忆和纪念的形态存在于历史的画卷之中。

文化是无数个血肉之躯用生命创造出来的。人有悲欢离合，文化也有；人有七情六欲，文化也有；人有自身和先辈的记忆，文化也有。人就是文化，文化是有生命情怀的，不仅对自身，还包括与她息息相关的一山一水，一草一木。对鄂温克族来说，还有白桦、驯鹿、猎枪和驱寒烤肉的熊熊篝火。所以，面对远去的鄂温克族文化，我们应该怀着一颗敬重仁爱的心，耐心地目送她渐渐远去，在历史的屏幕上，留下一位鄂温克族老人缓缓走向白桦林深处的背影，留下紧随她身后的驯鹿那深情的回眸，在大山空谷中萦绕着给人无尽怀想的呦呦鹿鸣。

只有云知道

离开恩和俄罗斯族民族乡时，在村口无意中望见的墓地，在我心里久久萦绕。墓地在路边一个满是白桦树的山坳里，特别的是都用铁栅栏围起，墓碑有中式和俄式的两种，俄式的立着十字架，绑扎着彩花，不少墓地还立着尖顶的小屋，远远望去竟像一座山林里的村子。初秋时节，秋意已然在桦树叶上显现了出来，浅黄与淡绿相间，加上墓地里朵朵的花儿，使人产生一种无以名状的感受。

我想起了立在恩和民俗馆前的宣传牌，在《额尔古纳的俄罗斯族》题目下，写着这样几行文字："19世纪末至20世纪初的三四十年间，中国以山东、河北为主的'闯关东'移民流与沙俄在西伯利亚和远东地区奉行'边区俄罗斯化'的移民流，在额尔古纳河畔砰然相撞……"当我看到"砰然相撞"几个字时，我的心里泛起一阵波澜。回来陆陆续续了解这段民族相遇历史的过程中，眼前一张熟悉的图画徐徐展开，那是一张中国地图，在地图的东南方，一条弯弯曲曲却指向明确的线条在山海关和渤海湾分叉，向东北一路而去，在进入辽宁区域后，形成数条分叉，其中的一条直插地图的最北端，在大兴安岭的群峰丛林间消失——这是一支浩浩荡荡又破破烂烂的闯关东队伍，"担担提篮，扶老携幼，或东出榆关，或东渡渤海，蜂拥蚁聚"，男男女女、老老少少，说着山东、河北与山西等地的口音，眼里却都装着满满的渴望。这条向东北移动的线条，从17世纪开始，断断续续，疾疾徐徐，持续了将近三百年。

而当中国版图上这条东北向的线条移动的时候，在西伯利亚的冰雪大地上，一支新的线条也在酝酿萌动，大致用了两百年左右的时间，在《中俄瑷珲条约》签订后，这支新的线条现出形状，一路向东南，越过中国的额尔古纳河、黑龙江、乌苏里江，最后同样隐没在大兴安岭的群峰丛林间。此时正值咸丰皇帝恢复东北开禁放垦的前夕。"两国所属之人互相取和，令其一同交易"，此政策发布后，东北向的线条与东南向的线条都瞬间加快了移动的速度。江河两岸、丛林高山之间，穿梭奔波着黄发碧眼、黑发黄颜的身影。两个民族的交集加快了脚步。

历史似乎要促成东北大地上发生的这场不平凡的交集，1883年的一天，一个鄂伦春青年到漠河河谷为埋葬母亲挖掘坟地，却意外发现了黄灿灿的沙金。消息不胫而走，俄国人首先闻讯前来进行大规模盗采。短短几个月，漠河就集合了七千多采金人，其中俄国人居多，其次是中国人。于是有了那段在恩和民族乡广为流传的故事：闯关东的河北青年曲洪生为了俄罗斯美丽姑娘阿妮卡，不惜策马千里买纱巾送给阿妮卡，淘金相识，纱巾为媒，成就了一段广为流传的跨国恋情，并诞生了第一代华俄后裔，混血儿子曲长山。

我不在意这个有名有姓的爱情故事是否被后人做了善意的加工，而更愿意将这个传奇的跨国恋情故事看作是全体闯关东的年轻汉子命运的象征，以及许多"南下"俄国女子命运的注释。不可预料的命运交集，值得品咂的百味人生，历史在创造一次次传奇的命运交集和情感融合的同时，更多地留给我们关于历史人生未来落点的无尽联想和万千思考。

东北曾是满族的"龙兴之地"，为了满洲固有风俗和八旗生计不被干扰，同时也为将来万一而保留退路，在1860年解禁以前将近两百年的时间里，山海关的大门是不允许关内汉人进入的。

但长城的大门挡不住饥肠辘辘的民众，清兵的长矛刺不破改变命运的期望，山海关不让过，就沿着长城移动，在三道关附近的山洞里聚集和等待时机。在这些等待的人里面，是否就有那个俄名叫瓦西里的河北青年曲洪生呢？那些曲洪生们在洞口巴望的时候，是否能预知未来进入关东大地会遭遇一场刻骨铭心的跨国恋遇，或者是其他遭遇的任何一种呢？

至少那位山东威海的徐承禄是无法预知的。因为贫穷，二十七岁还未说上媳妇，于是离乡闯关东。第一站到沈阳打工，第二站到珲春打工，日军侵占东北后，又辗转到了最北的黑龙江伊春，在林场做了二十余年炊事员至亡。徐承禄闯关东的人生三站，哪一站是他能预知的？还有那位叫王宝财的黑河淘金工，他怀揣金沙欲弥补对妻儿的愧欠，却在启程回家途中冻死河湾，化作永无夫妻团圆日的"金夫石"，这样的人生落点又是他能预见的吗？

我的眼前出现了一个青黑色的皮箱，还有一幅画在白桦树皮上的油画。这两个物件不知是否是被布展者刻意地放在了一起。在恩和民俗馆里的这两个物件向我传递着一个不确定的关于沙俄移民或逃亡者的信息。20世纪初期俄国革命和内战期间，数十万沙皇贵族和军人逃向远东，进入东北境内，形成新一股俄国移民潮，这两个物件的主人是沙皇贵族或军官吗？我没有确切的依据，但从展馆内陈列的壁炉和饰物、特别是众多像贵妇、公爵样的铜制雕像来看，或许是的。至少，能使用这样的皮箱、有在桦树皮上画油画的技能和情趣的人，不会是连生活都没有保障的俄国边疆农牧民。在那个特殊的历史背景之下，中俄两国民间发生的交集和交融有着丰富而复杂的存在，因此，我愿意相信自己的推测是确定的。

于是，我看到了一群皮裘阔帽、披金戴银，张皇失措的俄国贵妇与公主走入了兴安岭的大山密林，进入了雪原深处的城镇、村庄；我在农田里看见了她们，在牧场里看见了她们，在恩和乡木刻楞的伙房里和木栅栏围着的庭院里看到了她们——

她们已经是华俄的后代，戴着三角的头巾，穿着多色的长裙，说着带有山东、东北腔的话语，她们（以及他们）迎面向你走来，你从她们的头发和眉宇间可以分明或模糊地看到两个民族的叠影——他们已经成了一个新的民族：中国俄罗斯族！

那些华俄后裔的先辈，即便有再多的见识和浪漫的情思，无论如何也无法预料到当年的那次仓皇或决绝的"南下"迁徙，竟会成就一段与从数千里外的中国山东、河北到东北讨生活的汉子的姻缘。别说是来自俄国腹地的贵族，即便是与中国一水之隔的俄国村镇里的姑娘们，也无法预知会和"曲洪生们"喜结良缘——她们更无法预知，自己当年的那次勇敢的选择，为大地创造了一个新的民族，而她们的血液与另一股血液相汇、交融后，便获得了新的激励，无尽地流淌了下去。人口的演变无人能料，却激荡着历史人心。

在驻足恩和俄罗斯民族乡的一天里，我总在那些中俄混血的面庞和眉眼里模模糊糊地找寻着一个传奇民族的来路，结果是一片茫然。隔天的清晨，我像有心事要了结，便穿上风衣走入已有寒意的室外。村庄还在沉睡之中，除了院落栅栏里的犬吠，便是混着特殊木香的炊烟在木刻楞的屋顶飘动，预示着村庄将要苏醒。一路走到村子的边缘，回首望向整个村庄，在这样一个群山环抱的偏僻之地，如何会上演过那样一场激动人心的历史传奇呢？远处的山谷间一片云雾静卧，给人漂浮、悠远之感。

历史在人们无法预知的情况下，改变人生的河道，创造命运的交集，或悲欢，或精彩，或平淡，都是人们主观无法把握的。人生的来路、方位和去途都具有不确定性，这或许也就是生命多彩，人生可恋的一个重要原因吧。

　　愿我们的生命，在只有云知道的河流里流畅而欢快；愿人类的命运，在只有云知道的大地上平安而精彩。

旅思云想

印象边城

与边城满洲里的见面经历了巨大的时空跳跃。

从恩和俄罗斯族民族乡出发，沿中俄边境公路向南，驶向一个名字奇特的目的地——满洲里。将近三百里的路程就是三百里的画廊，青山、曲水、草原、牛羊，像流动的油画不断涌来。除了那个虽然一路跟随，却经常被忘记的国界提示——铁丝网外，视野之内连人烟聚集的村落都少有。一路在纯自然的环境里行驶，在全部感觉已经进入深度适应的情况下，车窗外却忽然出现了巨大的象牙雕塑——"猛犸公园"的标志赫然于路边。这是满洲里迎接客人的仪式吗？但为什么要选择这样一个万年前已消失的古老生物？又为什么要在古老的猛犸群雕间竖立一些形色奇特的异国建筑？我们就在这样一种恍惚中，带着疑问，进入了迷幻之城——满洲里。

无须你调用意识储备，也不给你任何适应的时间，满洲里迎面就用密集的建筑告诉你，已经到了中俄边城满洲里。这里常刮的风叫"俄风"。说得理直气壮，说得毫不含糊。于是我就在"俄风"里观察起眼前的这个城市来。

整个的城市都在用它的建筑显示着俄罗斯，尤其在外墙的色彩和屋顶的造型上，都在刻意地将行人的目光和意识引导到城北国界外的那个叫俄罗斯的国度去。例如，屋顶上张扬的尖塔和"洋葱头"样的装饰顶，以及鲜红、鲜蓝、鲜黄等重彩的外墙颜色，还有窄而高的圆弧形门窗等，花枝招展地立在街边，高高低低地释放着异国的气息。不仅是街道两侧，街道的深处也处处刮着扑面的俄风：满洲里图书城是夹在民居间的一个巨大的方形建筑，它的四周密集地立着俄国名人的塑像，入门处是，窗台里是，连墙脚的空地里也立着陀思妥耶夫斯基们的石像，数量之多，给人唯恐俄风不显之感。至于那个套娃景区，则更是成了俄式建筑的展览馆，占地一千三百亩，以满洲里和俄罗斯相结合的历史、文化、建筑、民俗风情为理念，建成了一个大型的俄罗斯特色风情园。这已经是将一个浓缩的俄罗斯搬到了满洲里。

除建筑外，俄风还刮到了店铺的招牌和商品里，诸如"伊娃中餐厅"这样的在店名上突出俄国元素的店铺随处可见，满洲里的大多数店铺都用中俄两种文字显示，这和不远处的海拉尔市中蒙文并列的现象完全不同。店铺外的俄风自然也刮到了店铺内，望远镜、套娃、披巾、列巴、伏特加等俄国商品比比皆是。最能代表文化的饮食也刮入了俄国风。那家已经声名远播的俄式餐厅"卢布里西餐厅"，已经红火到预约排队的程度。

好奇驱使，约了座位走入，门口青铜色的棕熊塑像迎面候立，入门就被一种俄式木刻楞内装气息包围，翻开菜谱：俄罗斯瓦罐牛肉、红菜汤、俄式炭烤香肠、皇后沙拉、格瓦斯等，俄风鲜明的餐品排队而来，只有看到食客们的中国面孔才意识到身处何地。

俄风吹拂，应该会吹到更多的地方，如最能反映文化特征的语言，满洲里人都会说俄语吗？在满洲里的一段时间里，目之所睹，耳之所闻，以及食之所味，所得的信息都在告诉我，满洲里讲俄语的人多应该是事实。

习惯性地找到满洲里博物馆，想去看看这个迷幻之城是怎样一路走来的。又是俄罗斯风格的建筑，而且是20世纪初的文物建筑，作为博物馆倒是合适的利用。推门而入，未料想，我随即就进入了一段更为拥堵的历史里：1896年5月初，远在万里之外的俄国圣彼得堡，沙皇尼古拉二世加冕典礼正在高调准备当中。派往行祝贺之礼的清朝大员竟然被沙皇政府否定，李鸿章，这个刚因为与日本签订《马关条约》而被举国斥责的中堂大人成了"被邀请人"而负使前往。古稀中堂在异国得到国礼厚待，多年列强逼压之郁自是宽解，但沙皇的笑眼其实是对着中国东北的土地而去的。俄臣向李鸿章提出了在中国修建铁路，以"协同保护"中国利益，"共同抗日"的要求，否则一旦遇敌，俄国将不再相助。威逼利诱之下，与李中堂一样老迈虚弱的清朝政府只得以"好歹有所倚靠"的心理接受，

1896年6月3日，在莫斯科《防御同盟条约》签订，租期约定十五年。

于是，我们可以看到，一条自西向东的铁路越过贝加尔湖，向中国版图公鸡的后脖颈上直插而去，在一个叫"霍勒津布拉格"的地方撕开了一个口子，然后迅速向东延伸，过哈尔滨、绥芬河，与俄国在海参崴的铁路接轨，完成了横贯中国东北的穿梭。这条呼啸的铁路同时还掉过头来，在哈尔滨转向南下，直插中国辽东半岛的旅顺口。一个T字形的中东铁路像在公鸡版图的脸颊上划开的血淋淋的刀口，标注了一段近代中国的屈辱历史。屈辱远远超过了十五年的租期，二千五百多公里的铁路沿线成了国中之国，教堂、学校、民居、军队、法院，沙俄在东北的心脏里明晃晃地竖立起法外特区。1901年，位于中俄边境的入境车站建成，沙俄以主人的意识取名"满洲里亚"，从此，那个被国人叫了多少年的"霍勒津布拉格"成了历史，它的领地上站立起一个机车动力的车站和一个新的城市——"满洲里"。

满洲里源于中东铁路建设，满洲里的名字来自俄国人，满洲里位处"鸡鸣三国"的边境，这就是今日的满洲里俄风劲吹的原因和理由吗？走出博物馆，已是灯火初上，满洲里开始显示出它金碧辉煌的迷人夜景。一种更大的陌生感也因为瞬间的时空转换而在意识中浮现起来。

图书城的一侧传来音乐和人声，我不自觉中寻声而去。一个宽阔的广场在我眼前展开，广场的周边排列着密密的地摊，琳琅满目地出售着富有地方特色的面食、蔬菜、山蘑菇和服饰等，凑近了观看，耳里都是亲切的东北话语。广场的中间则成了彩色的海洋，人们身着蓝色的绸衣，排着纵队，在一个化妆成孙悟空的年长者的带领下，随着音乐的节奏，迈着齐步前进，满脸的自在和自信；广场的一侧，一个巨大的音箱里传来东北大秧歌的乐曲，一群身着红衣的老人正甩着绸巾，扭着秧歌步。广场边的巨大电子屏不断变换着彩色的图文，报道着城市文明和先进表彰方面的新闻。被眼前的温馨氛围感染，我举起了手机，走到了舞者的间隙里，拍下动人的画面。一时间已忘记了博物馆里的所见。

广场的对面有一家名叫"那片草原"的火锅店，很抒情的名字在灯光里吸引我们朝它而去。很有蒙古族特色的店面装饰，草原、牛羊，连分餐使用的精巧火锅都是蒙古包的造型。我点了几样精品的羊肉，在韭花酱、花生酱、芝麻酱等调制的蘸料里一滚，快速地送入口中，便立即沉浸到嫩滑浓香的感觉之中，不禁边吃边连连赞叹。

走出"那片草原"时，广场上已加入了更多舞蹈的队伍，三根鲜红色铁轨组成的城雕挺立于广场一端。忽然间发现，一直感觉在吹拂的俄风突然间消失了，目之所睹，耳之所闻，以及食之所味，都在告诉我，你在中国的满洲里，你的初见只是一种现象，边贸城市要打边贸牌，仅此而已。我这才想到，连日以来,在满洲里的各处并没有见到传说中的"俄人如织"——今天的满洲里,俄国人已不再是百年前的占领者,而是进行商贸往来的流动商客,满洲里的俄罗斯文化元素既是边城多元文化交流的体现,也是城市经营的一种手段。

  历史的时空已经越过了百年,今天的满洲里,在边境线上那尊雄伟的国门护卫之下,已是崭新的满洲里。

冬日小镇

美瑛小镇在日本北海道的中部,经过了自然化育和人工培育,一块如海浪般起伏的丘陵变成了迷彩的花田,美瑛的名字也因此名实相符。

"花田"是春夏时的美瑛,各色花草和作物间隔着,条条块块,铺满了坡地,像披红戴绿、花枝招展的新娘,怪不得成了拍摄婚纱照的胜地。我们前往的时间是一月份,自然是要去看冬日里的美瑛。冬日的美瑛,会是怎样的姿容呢?

列车一路向北,朝美瑛驶去。这是一种迷你型的通勤列车,方形的车头,方形的车厢,驾驶室与车厢连通,设施简单,但车速却很快。窗外已是雪的世界,白色的土地,白色的树木,白色的屋宇似转着圈子接连地退去;单轨的铁道,树木夹持着列车,形成一条白蒙蒙的雪道,列车呼呼向前,似在犁开雪雾、推开雪障,钻到前方的雪洞里去。看来,那个花田美瑛也在雪的包裹里了。

走出美瑛车站,浑然间有些意外,迎面是一个不大的广场,厚厚的积雪中立着一棵圣诞树，傍晚时分，树上的彩灯闪闪发光；紧邻广场的一侧有一尖顶钟楼，高高地耸立着，雪地里走过几个包裹严实的行人，边走边哈着白色的热气，这情形竟像是欧洲的小镇了。

积雪已深及脚踝，行李箱的滑轮则完全失去了作用，只好拖着行走，沉重的箱子像雪橇一样在软绵的雪地里滑着，无声又无息。

很快便到了吃晚饭的时间。既然已深入到日本的乡村小镇，那就找一间地道的居酒屋，切实体会一下日本人的日常生活吧。于是我们向一家居酒屋走去。街灯已经亮起，在灰蒙蒙的夜色里泛着朦胧的微光，微光照在建筑上，和窗内的灯光一道，画出了房屋的轮廓。离开主街，便拐进曲折的小巷，探着厚厚的积雪，辨着门面的招牌，深一脚浅一脚地走着，路灯稀疏，灯光更加朦胧，深幽的巷子里悄无声响，小镇像是睡着了一样。

"居酒屋"的招牌终于映入了眼帘，青色的方布，白色的字迹，熟悉的文字，一股暖意顿时袭来。推开店门的一刹那，布质的门帘便掀开了一角，"倚来沙依玛斯"，一张谦恭的笑脸映现在眼前，边说着欢迎的柔语，边躬延我们入店。暖烘烘的热气混着烤肉的香气顷刻包围了全身，曲尺型的操作台内，几个戴着碎花头巾的女子一边持续着手里的活计，一边也交错地说着欢迎。琳琅的厨具，热闹的声响，原木的天棚、墙壁、草席、案几、棉垫，置身其间，特别是与室外的安静、寒冷相对比，一下子就有了回家的感觉。日式的料理端上来了：烤鸡翅、五花肉、椒盐虾、鲭鱼、牛排和清酒、油滋滋，香喷喷地摆满了案几。

酒足饭饱，心满意足地起身离席，又在店家的连声感谢中得到隆重的相送。走在回去的路上心里不禁琢磨，原来小镇外表的安静清冷是在维护内里的热闹温暖，小镇如此，花田又如何呢？我们开始期待明天的行程了。

根据行前的约定，我们在美瑛站前的停车场与木子女士见了面。木子女士是利用冬闲兼做导游服务的，客气地寒暄后，我们坐上她的红色吉普，向小镇外驶去。只数分钟时间，天地便豁然开朗，红色的吉普在白色的丘陵里高高低低，上下起伏，旷野里人迹稀少，我们像在白色的海浪里荡漾。吉普在一棵大树前停下，这就是那棵汽车广告里的"肯与玛丽之树"了，其实是一棵白杨树，树叶已经掉光，剩下褐黄的孤枝，孤枝密集，像千百条手臂，聚拢在一起，指向天空，独立在白皑皑的旷野上。我觉得它冬季的样子要好于春夏，春夏树体通绿，与大片的绿野少了对比，冬季则多了反差，也就多了韵味，给人以苍劲、孤傲、沉静、期待的想象和品位。树的对面是一块高地，从高地上立着的黑色石碑可知，这里是一处丘田的眺望台，放眼望去，丘田起伏，天地相接，绵柔的雪地里点缀着零星的植物，以及彩色的小屋，竟是如童话般的意境。

坡下面有一公园样的景观，同样有尖顶的房屋，更有彩色的墙面，三角的屋顶托着棉絮般的白雪，像修剪过的老人的胡须，积雪涌向屋门，留下黑白的残阶；一条白桦树组成的小道环绕期间，太阳透过树枝洒下金色的碎光，真是极美。园中的房屋叫"拓真馆"，是日本著名摄影家前田真三拍摄美瑛美景的作品展馆，可惜当时并不知道这个背景，只将兴致放到白桦小道、林间残阳里去了。

上车继续前行，雪忽然密集地落下来。刚刚清澈的天空、洁白的大地一下子浑然起来，浑然的是雪雾，太阳仍在空中，阳光时有时无地投射到雪地上，使一切都变得梦幻了。最令人迷恋的还是雪地里的树木，雪雾之中，天地朦胧，树木只剩下依稀的轮廓。著名的"亲子之树"在前方出现了，似乎是天的尽头，两大一小的三棵树木，像牵手远行的一家三口，画面温馨得叫人想落泪。

雪越下越密集，蒙眼，入口，在天地间编织起横横竖竖的网，一排不知名的树木，树间的距离似乎被雪线缝接起来，远远望去，竟像是一块灰青色的巨石，又像草草画就的铅笔画！花田不在，雪地以虚构之效也达到前田真三所追求的"情调风景"了。我忽然想到，美瑛小镇就睡在这样的风景之中，真是会陶然知足、乐在其中的。

到了"四季彩之丘"，木子女士的导游便结束了，相互感谢道别，我们进入自主步行游览阶段。没有规定的路线，正可以天高地阔纵情行，没有目标的旅行别有一种享受，意外之得也随之出现了。一条高坎上的大道在眼前延伸开去，大雪忽止，天地通彻，"我们走在大路上"，看高天丘原，吸清凉雪气，路边一青色尖顶的建筑映入眼帘，原来美瑛小学就在眼前了。又是尖顶的建筑，隐身在田野树木之间，很像欧洲村镇的教堂，但有趣的是，这所小学已是百年老校了，百年以前是否就有这个仿欧的建筑？还是后来为服从整体观光风格而增建？这些其实都已不重要了，重要的是小学具有了教育和观光的双重价值，成为花田美瑛景观的组成部分，共同营造了世外桃源、人间童话的美丽家园。

一天的旅程接近结束，我们在导航上"按图索骥"，找到返回美瑛镇的车站。车站的名字很有趣，叫"美马牛车站"，因在美马牛村而取名。

车站很小，也很简陋，红色的屋顶，木质的廊框，铝合金样的灰色窗墙，"一室一厅"，一室为站长室，厅则是候车厅，其实就是一间七八平方米的小屋，有味道的是木格状的凳子上放着棉垫，屋子中间摆着一个取暖的煤炉，是那种一根烟筒伸出屋顶的老旧样式，这在现代化的日本出现，让人既感到亲切又感到意外。更意外的是这条属于富良野线的铁路已经启用了一百余年，与不远的美瑛小学同一时间建设，这小站的历史也有这么长吗？

小站里没有乘客，静静地靠在铁路的一侧，身后不远就是美马牛村，此时也沉静着，只从烟囱里冒出的炊烟可以想象屋里的热闹。

  班列将要到站,我们将沿线返回,从美瑛站乘车前往旭岳大雪山。美瑛的雪是温柔迷蒙的,冬日的小镇生活在童话般的宁静温暖里,那么旭岳呢?

旭岳交响

离开了美瑛牧歌童话般的雪园，才知道那里的雪属于粉雪的家族。这种小而干的颗粒像早产的胎儿，尚未完全凝结就飘飘洒洒地从天母的身体里落向凡间，磕磕碰碰、挨挨挤挤，倏忽不定，"粉雪纷飞的季节，我们总擦肩错过……粉雪啊，要是可以把心也染成白色，是不是就能将两个人的孤独相互分担。"怪不得日剧《一公升的眼泪》会以粉雪作为插曲表达一种淡淡的忧伤。

低矮丘陵的粉雪自有其悠缓静默的节奏，高耸峰峦的粉雪又会展示怎样的状态和风格呢？

我们转向东北，朝旭岳大雪山而去。

过旭川市不久即进入东川镇地界。东川在旭岳山下，借着雪山冰泉的滋养，已成为远近闻名的种植小镇和情调小镇。这里是全日本唯一不用自来水系统的地方，饮水及灌溉是经千米火山岩层过滤而来的山泉水，奢侈得令人羡慕。

此时的小镇也已在白雪的覆盖里，房屋、道路、树木、田畴，无一不洁白，无处不绵柔。最令人赞叹的是车厢两边的农田，怎会如此的方正和平滑，像被人刻意切割和刮抹过一样，端端正正、浩浩荡荡铺展开去，与天际的雪峰相接。我忽然觉着自己正坐在一本白色的巨书前，书页左右开启，中线指向高耸的雪峰。我已在为未知的前景做准备了。

车子向高处攀行，接着又进入山路盘旋。惊诧和惊喜就在盘旋之间，毫无准备地出现了。车窗外的雪景突然变得立体起来，山势越高，林木也越盛，加上作为国家雪山公园的地位，人工种植的补充，林木更加整齐密集，两边的树木颤巍巍地躬身向前，从道路的两边搭起似断似连的银色拱廊，拱廊的底部又与雪路相连，恍然间汽车正载着我们在一条白雪的隧道里穿行！我忍不住离开座位，走到驾驶室一侧，欠身翘首，透过挡风玻璃注目前方，等待新的神奇。

山势越来越高，山路越来越曲折，刚刚还在雪隧里穿行，接着便忽然有一堵雪墙在转弯处出现，待要冲入，又拐入像滑道一样的雪道，雪道绵柔无痕，依山蜿蜒，藉林游行，知道将要被车轮碾压，竟有些不忍……

奇幻之景目不暇接，奇异之旅已不觉而止。一条狭长的阔地在车窗前展开，旭岳温泉小镇到了。收起紧缩的心，再次站在雪地里时，人却呆立，又一次陷入惊诧和兴奋里了。灰云訇然散开，天空碧蓝澄澈，艳阳普照，山林、坡谷银装素裹；屋盖、楼阶拥絮堆棉，姿态万千，止如雕塑，如至幻境。四下一片安静，既像一场欢庆的锣鼓盛会刚刚散场，又像是一曲激昂的交响转入平缓。这旭岳的高山之雪与美瑛的丘陵之雪，虽为粉雪同族，但显然有风格和姿态之别。

偶尔间的回首，竟发现旭岳高峰正在身后巍然挺立，俯视群山。透过树梢远远望去，旭岳在云雾缭绕之中，微微向下，张着"雪盆"巨口，让人臆想，那漫山遍野的积雪是否从这巨口中喷洒下来。巨口其实是喷吐岩浆的火山口，沿火山口以下的陡长山坡上，平日里还有许多喷着白雾的孔洞，告示着旭岳是一座活着的火山。然而此时都已在白雪的覆盖之下，像受了雪的安抚，只安静地立着伟岸的身躯。明天登山，不知山顶的雪景如何。

旭岳顶峰海拔2291米，我们的登山是乘缆车"登"到1600米处，但300米的落差，零下21摄氏度的气温，以及无法预知的感受，依然让人有一种怦然的紧张和期待。缆车像一个加了窗户的长方铁柜，但保温性很好，似乎感受不到外面的寒冷。车厢里"长枪短炮"，长人如林，大多是来滑雪的欧美青年，从他们气喘吁吁的样子可知，这已经至少是第二个来回了。

从滑行的车厢向下看去，可以看到飘逸的身影在雪地滑过，隐没在雪林深处。留下的划痕并不明显，这也正是粉雪的特点和优点，雪粒干燥，黏性不强，碾压时收聚较快，有利于滑板滑动，所以对滑雪而言，粉雪有雪中"极品"的说法，但我更感兴趣的是它的活泼多变，在平缓的丘陵，它摇摇摆摆，安静优雅，在高峻的山林，它又应势呈形，洋洋洒洒，张扬雄武，体现了生命的丰富和多元，贡献了宽阔的遐想和深厚的思悟空间。

缆车到站，出站后从一扇像瞭望哨口的窄门走出，旭岳峰顶威严地站在了不远的高处，那张巨口忽然呈现，又忽然隐去。山峰隐去之时，眼前只见一片缓缓高起的雪坡，雪已没膝，在浩大迷茫的雪山面前，人像被狠狠地按下，不禁激动与恐惧俱生。扎在雪地里四顾张望，寒风割肤，白雪皑皑，无路可寻；前方似有隐约的黑点移动，是一位向上攀行的游人，雪雾迷茫，深不可测，他要化入旭岳雪峰吗？

后方有一个高大的铁架挂满了冰凌，像被封冻一般，让人不禁联想起灾难电影《后天》里的画面；左右再看，一队队滑雪者躬身跋涉，在高坡站立，接着鱼贯飞去，消失在云雪深处。此时自然的魅力已将心里的恐惧驱散，我跃身而起，扑向厚厚的积雪，释放心中全部的积郁，无比痛快和幸福！

夜晚的酒店温暖如春，将室外的寒冷完全隔离开来。但白天所见的雪景依然在心。旭岳之雪夜晚在做什么呢？念此，又重新披挂，走出酒店。啊，粉雪们正呼朋唤友，欢歌起舞！仰首夜空，在路灯的映照下，密集的雪沙赶路一般接连地落下，虽然无声，却能听到兴奋的话语：占据一切可以占据的地方，抹平一切可以抹平的痕迹，装扮一切可以装扮的对象，让一个晶莹洁白的世界真切地呈现于天明之时。汽车已快被全身包裹，屋顶又固定了雪的毡帽，道路将抹去了车辙，树木已加厚了雪甲，路灯也给她穿衣戴帽，创造出农妇雪地夜挑的生动油画……

　　回国许久，北海道赏雪的经历常常重现，在温暖的南方，在花甲的年岁，想到雪的姿态和画面，纷繁的感悟如飞雪纷至：雪，你是地上的云，从天上落下；雪，你是空中的絮，从地下升上；雪，你是凝固的雨，幻作洁白的颗粒；雪，你是冻结的脂，要来柔润山川和大地。你是心智，带着柔和翩至；你是温润，给春天蓄暖保湿。你无处不年长，告知老之已至；你无处不灵动，传递春之将来，须待新华与秋实。

礼　遇

　　飞机开始滑行，从舷窗望去，雪依然密集地下着，人工清出的道路在粉白的地面背景中像弯曲的河流。巨大的机身缓慢地移动着，当角度发生改变的一刻，几个橘红色的身影移入视野，是机场的地勤人员，一股暖意顷刻间涌上心来。只见他们原地肃立，仰首注目，行送客之礼。他们的目光一直追随着，直至飞机离开地面，又挥动手臂示意。我不知他们的手臂是什么时候停止挥动的，但仰首注目，挥手相送的画面却久久映现。

　　此刻，在日本旅行过程中的"礼遇"画面像转动的胶片一样，一帧一帧接连呈现出来，并使我深深地沉浸其中了。

　　富士山。酒店门口。披着白色斗篷的富士山叠影成双，一面巍峨耸立，傲指苍穹，一面静卧湖水，浮波婀娜，依岸樱花正艳。我们在一幅明丽山水画般的环境中驻车，入住预定的酒店。未及下车，司机已经小跑绕过车身，微笑着将车门拉开，接着我们便接受了"猝不及防"的热情接待，事先已候在门口停车处的两位服务人员，一男一女，一老一少，一面拉长了语调，叽哩哇啦地说着欢迎的软语，一面双手身前交叉，弯腰颔首，表示致敬。其中的一位更是令人意外，停车处与雨棚之间有一段窄小的距离，三两步即可跨过，他为了不让我们淋到淅沥的雨滴，竟然两手各执一把雨伞，在空中搭起了一段遮雨的"廊桥"。俗话说礼多人不怪，未经过这等阵仗的我还真有些"怪异感"，但心里却是温暖舒贴，特别是在这样一个特殊的异国他乡。

富士山。酒店门口。第二日。富士戴帽，银须飘然，湖水如镜，舟划微澜。清晨时节，正站在湖边观赏富士幻境，忽被身后传来的喧语引去，原来是酒店的服务人员在与住客告别，这回又被他们的高规格礼节震动，依然是叽哩哇啦的软语，自然是换了感谢惠顾、一路顺风的意思，同时又是不停地欠身鞠躬。汽车启动离去，瞬间只见车尾，不想已转为挥手告别的服务人员却依然保持挥动，微笑目送，久久不停，至远方止。这是真心的告别吗？一年四季，寒来暑往，住客不断，都如这般隆重礼待，不会疲惫和麻木吗？当然，乘车远去的那位客人如果无意间回首看到同样远去的挥别手臂，心里应该是温暖舒服的。

东京。超市。一层食品购物大厅。走入超市，商品琳琅满目，顾客攒动，一派热闹兴旺。日本人的工匠精神也已鲜明地体现在食品的制作上，色香味以外，形状和质地也特别突出，如那种像是麻团一类的食物，竟给人以玉石的细密、通透感，于见识狭窄的我，真有些叹为观止。但更叹为观止还是服务者对顾客的礼待。一个场面真是印象深刻：货物和购货人都多，为便于流转，不同食品划为了有独立进出通道的区域，区域和通道又紧密相邻，像棋局一般，服务和礼待就在这棋局中出现了：一位中年男子一边前倾身体，一边单手朝里，高声地招呼顾客，大致说着"客官里面请"之类的话，忽然间眼神一转，回身接过老年顾客装满物品的篮子，快步送至出口，待向这位顾客鞠躬告别后，又转入招呼新客的动作。以此往复，始终笑容可掬。这样的服务可谓周到，也可谓热情，同样的日复一日，不打折扣吗？这是职场的规则吗？这样的规则又是依据什么而产生的呢？我是赞叹、感叹和疑惑交集，购物的兴致也因此被转移了不少。

如果你问日本旅行归来的游客印象最深的两点是什么，估计多数都会说待客的礼貌和环境的洁净。洁净少有问题，礼貌却多有疑问，其中真假之问尤其突出，典型的例子便是日本的地铁，日本人在地铁的车厢里完全是一副拒人千里的面孔，默然而至，默然而坐，默然而立，默然而去；岂止是车厢里，地铁的通道里亦是如此，步履匆匆，面无表情，虽人流如潮，却似乎并不相干。这一热一冷两副面孔的"绝然转换"，确会使人疑问丛生。

鞠躬是日本文化的典型特征，而鞠躬又恰恰是一个问号的形状，这真是一个特别有趣的现象。曾经在日本的商场里看过一个过目不忘的模特衣架，这是一个半截的衣架，只有肚脐以下的部分，穿着裤子和鞋子，在店铺的入口处作弓腰状，生动形象，同时也传递了丰富的日本文化信息。

这实际是一个文化差异和价值判断的问题。有研究认为，发端于农耕社会的日本，"集团主义"和"感恩报恩"观念是其文化的核心要素，许多的文化现象大都发生于此。

集团就是一个相互发生利益关系的团体，如公司、企业、部门、村庄等，在日本文化中，集团具有强大的个体服从权威，每一个个体成员为了不被集团排斥，一方面要与其他成员和谐相处，一方面要更加严格自律、精益求精，把事情做到最完美，不拖集团的后腿。将礼节用到了极致，与其严格"自律"的意识和心理有深刻的关系。此外，日本系统的文化建设是从中国学习开始的，儒家思想和经典对日本文化的发展有着深刻的影响，其中就包括"感恩报恩"的思想。这种思想在长期的推崇之下，发展到一种"极化"的程度，就像日本民族流传久远的故事：仙鹤为了报答贫苦农夫的救命之恩，竟然拔掉身上的羽毛织锦给农夫卖钱。

在日本有一句谚语，叫"难以报恩于万一"，认为一个人一旦得到他人的恩惠，不仅永远报答不完，而且只能完成其万分之一。因此，由于恩重如山，必须受恩必报。报恩思想和意识在日本人心里根深蒂固、分量极重，并反映在人际交往和行业规则上。如此，特别强调礼节就容易理解了。我们不妨设想一下上述画面里的礼节表现，为什么对客户那样恭敬和热情？客户肯定了他们的劳动，偿付了劳动的报酬，是施恩于他，所以就应该恭敬相待，以报答"万一"。行业制定行为规范的时候正是受到了报恩文化和意识的影响。

一方面受恩必报，并在礼节上自觉升级，一方面报恩的思想陷入"锱铢必报"的重围，必然会深受其累，进而又将恩惠当成一种债务和负担，所以大多数日本人都有"别给他人添麻烦"的想法，我们在日剧里常常看到日本人边鞠躬边说着"给您添麻烦啦"的画面，其实正是反映了这样的心理，其中包含着这样的潜台词："非常感谢您的恩惠，我希望自己的恭敬能报答您的恩惠，给您添麻烦了；非常感谢您接受我的好意，我的好意给您添麻烦了。"

日本文化的"麻烦心理"是我们解读其冷热面孔的钥匙，当我们没有获得这把钥匙的时候，不解、疑问，乃至排斥的想法就产生了。有人在说到日本人的"冷漠"时，列举了各种表现，不妨看看：

1. 他们不会在地铁里高声打电话，而是安静地坐着。

2. 他们并不会在大街上打打闹闹，而是安静地朝自己的目标前进。

3. 他们不会给刚到办公室两天的小姑娘介绍对象。

4. 他们不会关心你三十岁为什么还不结婚。

5. 聚会上不会问你工资多少、开什么车。

6. 聚会各自默默结账，不会为抢着结账打起来。

日本人的热面孔源于报恩思想和"麻烦心理"，日本人的冷面孔则更多的源于"麻烦心理"——重视公共空间和私人空间，不妨碍他人，不打扰他人，不给别人添麻烦，这样其实也挺好。文化上的事情，有时不能以好坏论，于人际关系而言，只要相安无事、和谐舒适即好。因此，过问婚事的单位大姐和不过问婚事的单位大姐，别人只要愿意，都是好的大姐。

日本人的"冷"是真的，"热"是否也是呢？这里其实还涉及一个价值判断的问题。我在日本的"礼遇"更多地限于商客交往范围，且是数量有限的观察，谈论礼貌热情真假缺乏依据，但对日本人毕恭毕敬、热情高涨对待客人的表现若是以虚情假意一概否定，则无法赞同。笑可以训练，礼可以作为工作，但重视并坚持本身就是尊敬和品德，所以，值得推崇和学习。

禅　林

沿着溪边小道朝禅林寺走去。天似有意，竟下起淅淅沥沥的雨来，天上的雨滴，脚下的小路，身边的清流，以及眼中的绿树和空气里的植物香，顿时便使人通透畅然。

路边的石碑显示这路名为"哲学之路"，似乎在提醒我们此刻正走在一条不平凡的路上。我的兴致更加高涨了起来。这是巧合吗？我自然地便想起了远在德国海德堡的"哲学家小道"。东西两个半球，遥隔万水千山，一条在圣山腰间盘旋，一条在东山脚下蜿蜒，穿过百年时空，缓缓地走着黑格尔、歌德、西田几多郎，或者还有永观律师？他们在思考着共同的哲学命题吗？他们的心灵可以冲破时空完成对话吗？既然是关于哲学，便都是关乎世界和人生，正如西田几多郎自言，研究哲学的根本动机是为了解决人生问题，因此应该是相通的吧。自古智者亲山水，唯有自然可观心。可见，嘈杂浮嚣的尘世是不利于智者的出现和存在的。

淙淙水声将我们引到一条几乎没在青草间的石径上，本以为是通向要去的禅林寺，于是拾级而上，一座布满青苔的石拱桥架在坡顶，前方树丛间露出青瓦翘檐的建筑，一妇人正在屋前的石台边取水，幽静而神秘。却见前方原木框架间挂有木牌，上书"熊野若王子神社"，方知是走岔了，于是便转头下坡，重寻方向。后来得知，此地处于东山山麓，青山绿水、葱茏幽谷间藏着众多佛寺神社，漫山遍野，密密麻麻，可见是有灵气和智慧的地方。

禅林寺的高门豁然在前。步入大门，一条笔直的大道向前伸展，一侧白墙倚道，绿色的枫枝缘墙而出，亭亭如翅，雨洗晨叶，柔嫩透明。时处清晨，游人未至，四下静寂无声，但心却莫名地激动起来了。

沿道至大玄关，照提示脱鞋，摆正，跨槛，入内。赤足站在木板的廊道上，仰望隆起的廊顶，四处是幽香、湿润的气息，心里竟浮起一阵浅淡的庄严感。不觉间我已落后，妻子和女儿已经隐没在廊道的转弯处，我便索性一人无目标地漫步张望起来。后来听女儿说起她走在廊道上的心情，不免有些意外和羡慕，赤足走在那廊腰缦回间，她竟热泪盈眶。或许是我悟性不够，还需修行参悟吧。

禅林寺是我见过的唯一用廊道连接起来的佛寺。释迦堂、开山堂、御影堂高高低低，缘山而建，廊道也追随而行，像一条盘旋起伏的长龙穿行在山腰绿林之间，如在幻境。廊道的一侧或两侧是开放的，随意地停在一处，便是绝佳的观景台和窗口。上有雨棚遮雨，下有栏杆护身，地板又擦洗得纤尘不染，我便屈身坐下，专心去看那廊外的风景。廊外枫树满中庭，疏疏密密透前宇，间有游人三两行，眼前此景，幽静深远得令人陶醉。

现在想起，才意识到自己的迟钝，佛门之地，我竟忘记了去拜观禅林寺的宝藏——回首阿弥陀佛！这是佛在暗示我吗？竟然一入寺内即迟缓落后？"永观，迟矣。"走在前头的阿弥陀佛回头提醒瞬间分心的永观住持，让其跟上。难道我也成了被召唤、被引渡者了吗？或许是的。永观住持创立的净土宗是一种平民宗派，其人人可修的主张正源于阿弥陀佛成佛前的发愿：无论高下，皆可修成，诚心念佛，即可往生。如此，我可无羞矣。

沿廊而行，曲行缦回，不觉间从一出口走出。巡视前方，有一窄亭在前，过亭见一石桥横跨池上，桥弯似月，水平如镜，几簇绿枝凌跨，数片落叶微浮，这安静空灵的境界让人想起"溪花与禅意，相对亦忘言"的诗句来，诗人刘长卿的"忘言"是因为悟到禅意后的升华，我则不敢言此，但内心安静清澈确是实情。与"洗心革面"的成语结识了几十年，今才忽有所悟，"洗心而革面者，必若清波之涤轻尘"，不以清波涤去杂念，是无法获得革面新生的。

绕过石桥镜池，又见一条石径伸向枫林深处，不知所往，水洗过的路面空寂无人，给人以无限遐想。侧首右看，如画惊现，但见枫林参差竖立，白墙青瓦依稀隐现；芳草随坡高低，树间石灯静静独立；石碑苔藓着绿，沙园空无人迹，好一幅禅意深远的寺院园林画。对此情景，内心顿生一种空明清澈、安宁平淡的松快。以物寓意，借景化育，这是哪位设计者，有如此高深的领悟和高超的园艺。

多宝塔是禅林寺的最高点，登高可将寺院全景收入眼底，院内枫林层层叠叠，是枫的海洋；透过林梢几乎可见京都城全景。静处山水里，尘世近为邻，佛尘两界间的召唤和坚持实际也反映了人心的向往和反省，多宝塔前的风景是否也蕴含着深厚的禅意呢？

禅林寺，禅是内涵，林是形象，所以，我们很庆幸避开了枫叶流丹的秋季，在初春的时节拜顾禅林寺。红枫永观是禅林寺出名的称谓，枫叶红了的时候也是禅林寺疯了时候，红的枫林，红的禅林，红的海洋，通过游客和旅行机构的宣传，引得各国的人们"漂洋过海来看你"，据说每年11月左右，禅林寺门前排队的游人多得如神龙首尾两不见，挨挨挤挤，要等两三个小时才能进入。不难想象寺内外的喧闹，廊上是人，堂内是人，路上是人，树下是人，加上赞叹声、呼唤声，禅林寺的空间被填满，清净被驱赶，寺之清净不在，心之清净何在？至少，此时此地，此情此景，不会给人清寂安宁之快，至于参悟省思更是多有搅扰。

京都永观堂，洗心禅林寺。这一趟拜顾很值得回味。

一沙一世界

从日本旅游归来，耳闻目睹的人事景物林林总总，有一些已经捡出来写成了文章，余下的都束之高阁，堆在了记忆的储物架上。但意识里总觉得这些零散的见闻里含着某种共同的东西，却又看不明确。直到偶遇日本诗人小林一茶的一首俳句，才似乎有所顿悟。

柴门上
代替锁的是——
一只蜗牛

俳句是世界上最短小的诗，三行数字，刹那之间就呈献给读者。不仅形式小，元素、画面也小。一只蜗牛粘在柴门正中，门锁不知所去。但这种简单的瞬间之象却给人留下了无尽的联想——人去茅舍空，主人去何如？孤单一蜗牛，寻觅寥无着？人生如柴门，一死再无回？可见小的东西不见得就是微弱单薄的，我忽然想到，在日本的许多见闻不都是有一种"小"的特点吗？

到日本旅游，印象最深的是寺庙和民居庭院的景观布置。种植花草树木、点缀座椅塑像的情趣，各国似乎都有，但日本又有特别。寺庙面积大，又是佛门之地，刻意在设计上布置枯山白沙、石灯苔藓，突出空灵深幽自不必说，普通的民居庭院布置也突出了一个"空"字，用极少的元素和极小的体积去表现禅意之妙，这就不得不令人刮目相看了。在日本的街道民巷里行走，随意地一侧首，就可以从墙头看见一抹伸出的绿枝，在宅院的一角瞥见一簇静立的树石，天空无形，被一抹绿枝斜插，天空便有了形状，宅院虽小，被一簇微景一立，便有了深幽和生气，这都是"以小见大"的例子，因数量之多和点缀之妙而令人频生赞叹。即便是没有庭院和围墙的建筑，日本人的自然意识和审美情趣也能找到体现的地方，如在窗台和地面之间形成的一个窄小的空间里，种一棵矮小的枫树，青枫一枝，亭亭舒展，原来的空洞一下子就变换出了无限的生机和意蕴。日本的老街旧巷很多，人们对建筑暗淡的色彩似乎也未觉得不妥，但几乎是全民性地要给生活环境加入艺术的元素，更令人兴味无穷的是，似乎普通的居民都被一种艺术的气质影响，哪怕是形容简陋的居所，也能巧妙地轻轻一点，使主人宁静空灵的意趣得到呈现。

集体性的审美情趣一定是受了文化的熏染，因为只有文化才具有这样的弥漫性的影响力量，无须去强制，也无法去阻挡，成为全体趋向的意识和行为，这其中文学艺术的影响面自然是最广泛的。例如俳句，一方面以瞬间感触，在极小的篇幅里暗示极大的意境，同时也常常承载着一种伤感的情绪和禅意的空寂。这方面的例子有很多，如日本的歌曲总是阴柔哀婉，无论旋律还是情绪常有悲情的成分，像那首我们都熟悉的《北国之春》，作者见春生悲，乡愁如烟，最突出也最感人的是沽酒浇愁，父兄默默相对的画面。此外还有堪称艺术的日本茶道，在严格的程序中，追求的是一种安静、空寂的心灵沉淀。孤处的蜗牛，默然的父兄，悠缓的茶道，还有遍布寺庙民居的枯山微景，都反映出精神情感上的一种抑制和收束，与明亮、开朗、宏大相对立——这种审美意识和情趣上的抑制和收束不正是一种反映在精神情感上的"小"吗？

日本民族审美上的不事张扬，还突出地反映在色彩的选择上。如果要以色彩来定义一个民族，完全可以把日本民族称为"素色的民族"或"冷色的民族"。日本最早是以家电产品让国人感知它的经济先进的，印象中，日本的家电产品大都以灰白为色彩基调，这个印象在日本的旅游中得到了鲜明的印证。与到欧洲旅游所见不同，欧洲的建筑，即便是小镇的民居，往往要施以鲜艳的色彩，更别说像布拉格那样的"红色之城"了。日本的建筑，除了部分的神社有艳红的色彩外，无论是皇宫、佛寺、商厦，还是住宅，大多是素面朝天，最极致的表现在于民居的外观和道路。老旧的房屋、暗淡的颜色、粗粝的道路，这是日本的大城市东京和京都不少地方给我的深刻印象。是经济落后吗？对世界经济强国的日本显然说不通；是民风邋遢吗？对以洁净闻名世界的日本更说不通。我只能将此看作日本民族性格和简素审美观与价值观的反映。与色彩相应的是光线的选择，到最能反映日本生活文化的居酒屋消费，你会为它设施的简单和光线的暗淡而感觉异样，加上那些色调暗沉的餐具，你会觉得自己到了一个偏僻古旧的所在。此外就是房屋结构的狭小，一些用民居改造的店铺，隔出的房间可以小到侧身才能入座，像火车的车厢一般，这显然不全是房屋面积的原因，据说这反映了日本人喜欢逼仄环境的性格，挤在一起更有安全和温暖感，从其抑郁、收束的集体性格看，似有道理。

抑制、收束是一种"小"，精致、细致、周密也是一种"小"。前者是精神和情感的特点，后者则反映了工作生活的处事风格与要求。这是日本民族令人赞佩的素质，也是日本经济占据强国之列的内在因素。

旅游中吃、住、行三要素，吃是重要的一环，吃本身也是旅游，吃里有文化，吃中看世界。以日本的主食寿司为例，一直以为用海苔卷起的饭团，是粗陋、简陋之食，因此向来不屑一顾，但到了日本却着实被上了一课，这才知道，在日本寿司既是细食，又是美食。东京有一家叫"二郎寿司"的小店，只卖寿司，不卖酒水菜食，但仍然要提前一个月预订，且最低消费三万日元，不是精品哪有这等派头？我曾特意留意过寿司的制作，米饭要加醋腌制，且要用扇子扇热降温。制作饭团要有特殊的手势，柔滑的手法，看上去像是中国戏曲里的兰花指，每一个饭团里有的还要加入味料，包裹饭团的材料除了特制的海苔，还有鱼、虾、蚌及青叶等，其中鱼又分有皮和无皮两种，海苔将饭团卷成圆形或方形，中间还可加入鱼虾；用鱼虾包裹饭团则是将切出的鱼片、虾体裹在饭团的半身，像红白相间的鱼儿，形态各异，色彩缤纷。日本合格的寿司师傅是以制作寿司为终生事业、同于生命对待的。

还有我们叫盒饭的便当，在日本的讲究更是超出我的想象。便当在日本是一个庞大的系列，里面还包含着艺术、感情和科学，小小的便当，里面却有大乾坤。我在从富士山到东京的新干线列车上初识了日本的便当，车站里售卖的便当已相对简单，但与我经验里的盒饭仍相距甚远，纸质的饭盒里加了十字隔断，荤素搭配以外还有腌制的配饭小菜，荤荤素素、红黄白绿，合着软糯的米饭，吃得心满意足。此后到超市里购物，才发现便当已是花色纷繁，品种多样，味道无穷。据说在日本，主妇们给丈夫带去上班的便当，不仅要花去很多的时间，还投入了很多的感情，心情好坏与便当的花色味道直接相关。便当还有"爱妻便当""爱心便当""亲子便当"等不同的类别，如亲子便当里的食物往往被制作成可爱卡通的模样。中国的饮食讲的是"色、香、味"，日本的饮食则是"色、形、味"，色与味外，又以一个"形"字跃上了更高的阶层。在日本，便当的讲究已达到了艺术的程度，除了实用功能外，还在造型上巧做文章，堆山设岭，拼红点绿，如可食用的微缩盆景，日本人做事的精致和精细可见一斑。这样的所见实在太多，曾经在一间大型的超市竟然看到冷鲜橱柜里成列的豆腐，品种居然有近三十种，想到我们是豆腐的发源之国，心里不免生出感慨。日本人是真能在细微处做文章啊。

说到细微，便立即有连续的画面纷纷涌来：京都老街的路面，虽然质地粗粝、且有裂缝，但干涩灰白，一尘不染，正琢磨缘由，便看见每家每户都有沿街设置的水龙头——洁净是居民们一起用水冲洗出来的。旭岳大雪山酒店，室外大雪弥漫，我们拖着行李刚到门外，服务员即跨出大门接过我们的行李，并引导我们来到前台。原来大堂安设了监控，服务员早已提前在门口准备。东京街道一角，简易搭盖的警务室外，一警员正欲骑自行车出勤，靠墙的一块白板上写着"昨日东京交通死亡人数"。行为处事能周全、细致到如此程度，而且成为普遍遵循的追求，显然不是仅靠制度约束就能做到的。

每个民族的性格都源于各自的历史文化，关于日本民族性格的文化成因，就像渗透于日本文化里的禅意一样，难以言清道明，但我仍然感觉到，狭小岛国的处境危机，以及摆脱弱小的内心动力，与其沉郁、悲情、收敛的气质，严谨、精致、细密的性格之间，存在着千丝万缕的联系。一个以"小"见著，也以"小"见长的民族，给了我们丰富的探究可能和乐趣。

  一沙一世界，小中有乾坤。从一个"小"字里看日本民族的精神情怀和处事作风，更多的是一种观察的方法。但无论如何，日本民族的性格都是与宏大、开朗的气质相对立的，其性格特质无所谓好坏优劣，不可以一己所好去妄加判断。探究它的意义更在于为进一步了解人类世界开出一块新的天地，并选择值得学习的地方促进自我的发展，这才是应当遵循的。

  此作日本之游的小结。

芸芸众相和，人鸟两不惊

到欧洲旅行，视线常被鸟儿占据，印象深刻。

欧洲的城市，总有保留着原生形貌和气息的公园，没有围墙，沿河而建，或穿插在城市建筑中间，树木花草，自然布置，设施也并不讲究，追求一种自然状，波兰的克拉克夫就有这样一处。从一条古朴的街道走出，迎面就遇到高大的树木，以及安放在柔缓草坪间的木椅，木椅涂着绿色的油漆，已经斑驳，道路是水泥铺就的，同时又是建筑间的通道，蜿蜒在草树之间，流向林木的深处。加上点缀其间的缓步的游人和安坐的息客，以及三三两两像学步一样觅食的鸽子，一股祥和宁静的气息便扑面而来，令人迫不及待地要融入其中。

刚刚在木椅上坐下，信号便瞬间传出，脚下已经出现数只灰色羽毛的鸽子，有趣的是它们并不焦急，也不惧怕，只绅士般地踱着步，轻轻瞥你一眼，似乎在说，有你就给我点，没有或不愿意也无所谓。于是我将手里的面包掰碎了洒在地上，它们低头缓慢地品尝，又缓慢地离去，那神态，让我想起家禽来，这鸽子已像家禽一般，与人们平常、近距离相处和交往了。

这样的感觉在后来的经历中得到了加强。还是克拉克夫，早晨变成了夜晚。公园前面数十米是著名的纺织广场，阑珊灯火间是林立的露天酒吧，沿街设几张木桌，覆上白色的桌布，立一摇曳昏暗的烛火，客人们便沉入酒菜的美味和交谈的舒畅中去了。这是欧洲人的生活与文化，我们参与其中则是为了感受，菜味新鲜却不可口，气氛热闹却拥挤不适，正努力地感受和适应，忽觉脚下有软体碰触，掀开桌布一角，才知是与人分食的鸽子，扭着肥硕的身体，在桌间穿梭，桌上桌下，人语鸽行，各行其是，两不相碍，也两不相奇。

后来又到了其他几个欧洲国家，鸟儿一直在视线里鲜明地出现，不容你忽视。

瑞士以钟表出名，谁知去了以后，却被鸟儿抢了目光。站到世界名湖日内瓦湖边上时，是一个严冬的早晨，城市还未苏醒，湖域已经热闹，主角是一群群灰白的水鸟，那阵势很有占水为王的样子，鸣叫着水里沉浮，空中曼舞，目中无人地从眼前呼地划过，又目中无人地在一段栏杆、一处檐角噗地站立，目光炯炯地傲视前方的水面，让人产生自己是局外人的错觉，但人分明是在局内的，这码头、栏杆、雕塑等设施都是人类造就的，只是给了鸟儿无限的使用权才让它们没有顾忌；更让人感慨的是人心的接纳度，湖泊河流是城市之魂，所以城市里的这些地方一定是景观最讲究处，但以天地为厕的鸟儿方便时是不会顾忌的，除非得到了禁止和驱赶的信号，但显然它们没有被禁止，所以在日内瓦湖边、码头的台阶和栏杆上，留下了"触目皆是的遗迹"，并与湖光山色和游人共存，大概人们是明白"粪尽鸟飞绝"的道理而做出这宽容的选择吧。

给鸟儿最大的宽容和接纳，其结果便是人鸟从容、和谐相处，这一点在阿姆斯特丹火车站得到最生动的体现。我坐在候车大厅的椅子上，看着肤色各异的匆匆乘客，面包店里香气四溢，许是闻到了香味，两只鸟儿加入进来，在行人的中间昂首碎步，东张西望，低头寻觅，真是"鸟立人群"，它们是从室外越过大门，飞进大厅的，与人的到来不同只在于一个用腿脚，一个用翅膀，而且从动作的熟练看，它们显然已经是这里的常客，飞进，飞出，走走，停停，与乘客同处一地，虽互不交谈，却也互不相扰，且为常态，这可不是短时间能形成的，更不是可以"装饰"出来的！

与鸟为善，实际反映了人心的宽容、大度，以及深刻的谦和，这是到瑞士苏黎世顿悟的。

利马特河穿城而过，自然是苏黎世之魂，古城沿河而建，教堂依河而立，城市的名人雕塑也选址河畔。利马特河为城市增添了生命，白色的水鸟又给利马特河增添了灵气，水鸟的密集和强势与日内瓦湖相比，毫不逊色。我的目光被这些白色的精灵吸去了，站在河边，沉浸于鸟的世界。它们太欢快了，在清冽的河水上方恣意地舞蹈，俯冲，聚拢，散开，伴着畅快的长音，累了就齐齐地落在沿河的栏杆上，静静地看着河面，准备接下来的飞翔。看得出来，它们是生活在一种宽松且自由的环境中的。

俯仰环顾之间，我的目光落到耸立河畔的一尊青铜雕像上，这是一位执斧披甲的武士或将军，座下是一匹昂首扬蹄的战马，像是开拔疆场，或是得胜归来，显然，是这个城市甚至国家的重要人物塑立于此，自是为了纪念。塑像很高，需仰视才见，但它不是最高的，最高的是立在塑像头顶的一只白色的水鸟，因为这只水鸟，原本庄严威仪的塑像变得和善有趣起来，像是一位笨拙的猎人或渔夫，当发现流淌于他头盔上的白色粪迹时，又产生一种神圣被戏弄的堵塞感，但这种感觉在看到悠闲、平静的行人，以及塑像脚下的河面悠扬曼舞的鸟群时，便顷刻间消解了。

塑像是人的塑像，庄严是人的庄严，鸟儿是无关也无感的，在鸟儿的眼里，塑像只是一个合适的支点和栖点，可供观察和停靠，自然，对"不更事"的鸟儿，是不必也无须去要求的，鸟儿终会飞离，投向蓝天和碧水，给城市增添灵动，污迹可以安排清洗，并在清洗中凸显敬重和庄重，也在清洗中展示大度和宽容。

我又想起"谦谦君子"的说法来了，君子以谦谦，强者以和和，作为万物之灵长的人类，已是自然众生的强者，唯其大度与谦和才真显其强大和高级。

　　与自然界其他生命的交往和相处，对人们的心态和境界也是一种检验。

马特洪峰：未曾缺席的长者

火车—汽车—清流—雪山，一路辗转之后，在一位瑞士房东的带领下，我们进到一间温暖如春的房子，这才意识到，一段时间以来，关于雪崩危险的预警终于没能成为我们到来的阻隔——前往世界著名高山小镇、世界顶级滑雪场的计划成为现实——策马特，我们已经身在其中。

不觉间夜幕落下，开门走到阳台，阳台很宽阔，木质的栏杆温馨地围着，挨窗摆着一张铺着条状桌布的长桌，桌上放着几支蜡烛，几把椅子随意地摆着，引人坐下，在烛光里放松享受。狭长的天空繁星密布，与错落木屋里的灯光相视呼应。忽然，眼前有一庞然大物耸立，仔细分辨，才知是巨大的崖壁，黑暗里，崖壁也躲在暗处，斑驳的雪反射了星光和灯光，形成了一道灰蒙蒙的巨大屏障，威严地立在我的眼前，像黑衣卫士一般。注视得久了，似乎能感觉到崖壁的心跳脉动，看来，雪山是有其仪态的，并非只是土石的结合。

似有什么在呼唤，天刚亮我便急忙来到阳台，推门迈出的一刻便怔住了：昨晚灰蒙蒙的巨大屏障完全显现出来，青石白雪相间，威风凛凛，雪峰顶端有一燃烧的火球，如通红的龙珠，原来是雪峰返照了旭日的红光——早知道雪有吸纳阳光的特质，不承想竟是这般强烈和张扬，似乎是将太阳直接吞食了——皑皑雪峰含火球，红白相映耸晴空，峰下簇簇温柔屋，雪盖错错酣眠中，这画面和情境似在提示着雪山的生命和作用了。

岂止于此啊，策马特雪峰更富生命意味的形态在我转首间轰然出现了："马特洪峰！"传说中的马特洪峰在山谷尽头的高处昂然显身了，这个著名的锥形山峰具有君临天下的气势，四面与群峰毫不粘连，突突兀兀就在天空之下独立着了。我定神打量着他，发现他总在变换着身形和容貌，但有两点是始终如一的，一个是他昂首向阳的姿势，另外就是他头顶飘飞的悠长的云雾，远远看去，如一位面朝东方，白发翻飞的酋长。说来奇怪，在策马特的几天里，我在不同的时间和角度观察过马特洪峰，极端的时候，碧空如洗，群峰尽显，唯马特洪峰的头顶留有如白发般的飘然云雾，而他的高耸的身体却片云不着。这是怎么回事？我更愿意接受马特洪峰是上天派驻于此的老者的意想了。

策马特镇海拔一千六百余米，滑雪场还在更高处。第二日，我们乘坐别致的高山火车"拾级而上"，向山顶"爬去"，于是有了观看雪山仪态容貌的新的视角和发现。

高山火车在装有倒齿的铁轨上随山势滑行，车窗成了活动的取景框，策马特雪山的姿态真是仪态万方，因为前些日子三十多年一遇的暴雪已将铁轨掩埋，道路是短时间用铲雪车清理出来的，火车在两侧高高垒起的雪墙底部攀行，洁白的雪墙在车窗两边柔和地护送；当火车行驶到半山平缓的地域时，雪山的浩大和风韵便目不暇接地展现开来了：群山的沟坎和间隔，以及杂色的草石都被白色覆盖了，积雪很厚，像一件量身定做的巨大斗篷从头到脚紧贴着山体披挂下来，没有一处不洁白，没有一处不柔缓，特别是巨大的雪坡上出现长而弯曲的滑板留下的痕迹，更是透出了生命的灵动。

陶醉震撼中走出车厢，来到雪地里。终点处是马特洪峰的观景平台，高无遮拦的雪地，高无遮拦的晴空，阳光闪烁，迷幻人眼。这里有一雪场的起点，据说长度超过四千米，可以直接滑到山下入住的酒店门口，这自是文学的表述。但滑道的地形确也给了人们浪漫的想象空间，滑道很陡，所以看去前不见底，一片空茫，而正前方就是昂然耸立的圣山马特洪峰，须髯飘飘，像见证，像召唤，看一眼圣山，吸一口雪气，滑竿一点，单脚一蹬，便两耳生风，融化到洁白空茫里，真令人羡慕和向往。

策马特的雪姿雪态是难以看尽和言尽的，但回顾所见，我忽然发现，雪山、小镇的魅力和美丽是依靠了人的参与，否则偏处高寒，雪山寂寞，小镇沉寂，是不可能像现在这样容光焕发，充满活力的。回想初到策马特时，看到小镇街市的热闹场面，老少咸集，熙熙攘攘，令人意外和兴奋。小镇是半空中的小镇，热闹也是半空中的热闹，在这份热闹和活力里，老年人的出现更是令人意外和感慨，滑雪是年轻人的运动，高山滑雪更是年轻人的专利，但策马特是例外，满脸皱纹的老者在站口拥抱相送，一看就知是策马特的常客；两鬓斑白的夫妻穿着滑雪服，踩着滑雪靴，在街道的残雪中行走，他们是来滑雪的，也去观景平台那个呼啸入空茫的滑道吗？我没有特意观察，但他们参加了滑雪是确定的，在阔大的高山雪场，一定有他们的身影，或者就在一段平直的雪道上双手撑着滑竿滑行，面色通红，眼含兴奋。

高山滑雪，孩童参加，是为新奇，青年参加，是为刺激，而老年人加入，则是为了宣示存在了。这和我们熟悉的"老来俏"有相同和不同，相同在以年轻人的姿态示人，不同在到老也不退出青春的舞台，哪怕不能在舞台的中央旋转，也要参与，哪怕是只是在舞台的边缘摇摆。即便到了连摇摆都做不了的时候，也要站到舞台的正面，看人们欢舞，观雪峰巍峨，吸高原澄澈——这是两位白发如雪的老太太告诉我的：在3131米的观景平台，餐厅里颤颤巍巍走进两位老太太，讲究的白发和妆容特别显眼，她们是一对闺蜜吧？动作缓慢，相互关照，她们是来用餐的，但到这样一个雪峰之巅的餐厅自然不是此行的目的，餐厅不过是生命聚会的后台或休息室，到来的客人们都经历了相同或相似的事情——在我们喋喋告诫和自我提醒老年生活务必"规矩""小心",物我两忘,自甘落寞的时候,来到策马特的这些老人们却写出了"离经叛道"的答案,是非优劣,值得认真分辨。

回国许久,某日翻看在策马特拍摄的照片,忽然生出这样一个念头:策马特群峰的标志马特洪峰,不就是一位镇守群山,未曾缺席的长者吗?他或不能脚踏滑板呼啸雪山,却从未放弃昂然的姿态——策马特,原来是老人的领地啊!

人生亦无常

菲森是德国南部的一个小镇，但名气不小，因为除了有终年积雪的阿尔卑斯山峰和碧绿如玉的阿尔卑斯湖水，还有国王的行宫，以及活在自我童话里有着一双幽深眼睛的国王。

行宫叫"新天鹅堡"，国王叫路德维希二世，大名鼎鼎的茜茜公主是国王的表姑。童话般的自然风光，加上童话般的人物和故事，自然散发出诱人的光芒，我们就是被这光芒招引，不远万里，曲折而至的。

一早便乘车向那个童话般的"新天鹅堡"奔去。寒冬时节，路人稀少，为了尽享风光意境，又特别早出门，四下里就更显得清静，这情形让人产生一种莫名的朝圣的兴奋。

天鹅堡灰白的身影已透过林木的间隙隐现出来，但看不出其特别。于是转乘景区专设的大巴盘山而上，在一处落叶的狭小空地下车，按着标志向坡上走去，不久便有一吊桥横在眼前，桥的尽头是茂密的树林，桥下是深深的山涧，正探步前行，忽然下起了瓢泼的大雨，侧身透过雨帘，天鹅堡的全身便堂堂皇地展现在我们的眼前了：

这是一个以彩色尖顶塔楼为特征的灰白色建筑，端立在朦胧的雨雾之中，高出的锥形塔尖似航船的桅杆，雨雾流动、聚散着，显出迷离、梦幻和忧郁的姿态。越过塔顶看去，是大片宽阔的绿野，绿野的尽头，平卧着泛着白光的阿尔卑斯湖，依偎在戴着雪顶的阿尔卑斯山脚下，组成一幅宁静纯洁的油画。

雨水忽然停止，雨雾也忽然散去，阳光从云层间散射开来，绿野、镜湖、雪山、红屋，被艳阳托着，都做了城堡的背景，城堡朝阳的一面散出金光，现出童话般的魔幻意境。

走入城堡探奇，是每一个游人的心理，但凭经验，我是知道"相拥是新奇衰减的药剂"，这样一个旅游的规律的，于是在排队等入的时间，我有意返回城堡的大门外，再看城堡前方的诗意美景，水声、林声、钟声、鸟声合奏，陶醉其中，多有感慨。

傍晚，菲森小镇的天空由晴转阴，气温似乎也有所下降，屋内的暖意引人入睡，一夜无梦。小镇静到无声，已经很久没有感受到这种"夜深了"的安静了。一早起来，才知昨夜曾发生了一场精彩翻飞的热闹：小镇瞬间换了白色的衣装。这场忽如其来的大雪欢舞了一夜，将一切都染白，将一切都柔滑。天地换了面容，令人新奇、兴奋，也令人不可捉摸。

天地变化之快的情形还在继续着，到小镇火车站等车，站台上忽地飘起碎雪来，这雪飘得新奇，一簇一簇，从空中划着弧线撞向地面，然后散去，飘去……雪说来就来，说走就走，一如新天鹅堡的雨雾和阳光。

车厢内外是两个不同的世界，车厢外碎雪翻飞，车厢内则温暖如春。四周安宁，多数的乘客捧书默读，间或有小声的交谈。在车轮的"隆隆"声里，时光似乎停止了。而我也有闲情去琢磨此次游览的感受。

我知道，菲森小镇的经历或许并没有特殊的象征和寓意，但它提醒了我人生无常，这样一个似乎沉重的话题。

或许，路德维希二世早能预想到自己会成为巴伐利亚王座的主人，但除此之外，后续的人生均在不可预知和不可把握之中。

他沿着世袭的轨道，做了新的国王，血管里却早已流淌着与治国理政不协调的艺术天真，他是带着瓦格纳歌剧里那个骑士救美、独自别离的情怀接过王印的；他沉浸于小国明君的太平温暖，不懂、也不愿意趋强结盟、委曲求全。最后在皇族的谏迫下，被迫以主权为条件得到强国的保护；皇位成了附庸，艺术的王国便成了退缩的港湾，他将太多的心血投入到新天鹅堡的建设，他要在那里上演更多的瓦格纳歌剧，他要建一座"圣杯骑士"的童话宫殿，让天鹅带着自己拯救危难，打败黑暗；艺术的痴迷和个性的忧郁，像马车的两个轮子，将其推离了君王的座椅。国君厌朝政，纵马绿森林，他以表姑茜茜公主为唯一的红颜知己，并为自己异常的性取向而自责和痛苦，他正坚持着自己"明白"的人生,却被皇族"鉴定"为精神疾病而软禁,王权交由叔叔摄政。

路德维希二世的终结方式也是他所不能预料的,这是一个凄惨的场景,国王视察完新天鹅堡工程,赶回施塔恩贝格湖岸边的软禁地,就莫名地失踪了,据说人们是在湖里发现了他的尸体,一同的还有他的随身医生。是自杀,还是他杀,成了历史之谜……

尊为国君的人生被无常控制,卑为平民的大众又何不如此?

其实,人生无常并不都是压顶的乌云,它还是璀璨的阳光和烂漫的花朵。厄运和好运相伴相生,不可预知,然而人生最大的恐惧和魅力也正在这"不可预知"之中。

心是如何被"偷走"的

　　我们在海德堡的冬季到访，初遇时见到的是一幅干涩陈旧的面容。

　　这就是那个"把心遗失"的"偷心"之城吗？

　　内卡河的水流冰冷地穿城而过，一侧是灰蒙的山岭，一侧是年老的房屋，以及，行人稀疏的清冷街巷。

　　听闻圣山上有一条"哲学家小径"，与大批思想先哲相关，不免疑问究竟有着什么样的故事？

　　于是过古城老桥，向北往圣山；乘车向西，下车入一窄巷，上坡深入，渐渐发现院落掩映，别墅幢幢，虽悄然无声，却已可感知人气的旺盛。这里是海德堡大学教授们的别墅区，沿山而建，曲径通幽，脚承缓流不息的内卡河水，目触对岸红色基调的老城。

　　道路忽然平缓，原来人已在山腰，平缓的道路似挂在山腰的绦带，向远处伸去。眼前豁然开朗，我们像是站在天然的观礼台上，向南望去，古城朦胧，轮廓完整地呈现出来，红石砌筑的九孔老桥横跨南北两岸，一边热闹，一边清静，对岸还有一苍老褐红的古堡式建筑，城堡的花园里，市政部门特意渲染了歌德晚年的爱情，65岁那年，歌德见到了银行家朋友的妻子——30岁的玛丽安娜，两情相慕，一见钟情。此后便常在城堡花园幽会。城堡花园里立有歌德的青铜雕像，还特意安置了一张刻有爱情鸟图标的"歌德座椅"，座椅的上方，刻着歌德的诗句："于是哈特曼感觉到了春的气息和夏的激情。"座椅的下方，刻着玛丽安娜的诗句："高墙开花之处，我找到了最爱的他。"

　　正欲收回思绪前行时，身后传来热情的问候，一对晨跑的女青年侧头真诚自然地向我们微笑，于是眼前的山景也便觉着好看了些，路边用于固坡的岩石缝隙里生出几簇绿叶映衬的金黄小花，在冬季里透出了娇艳的春意。一处小花园里的石碑调动了我的脚步，石碑孤零零地面朝老城而立，这是德国浪漫主义诗人艾兴多夫的雕像，碑文是他的语录："站在哲学的高度，你就会找到解读世界之符咒。"然而这条路是与一大批名人关联的，黑格尔、费尔巴哈、伽达默尔，但这样著名的哲学家为什么不在小径上"留影"呢？是他们的语言更艰深，还是别的什么原因？后来发觉，越是这样琢磨，自己便已经"中计"——我一面"哲学了"，一面已倾心于这条外观并不奇特的小路，以及它所在的这座城市。

　　路转下坡，前方一位老者在低头行走，我正下意识地猜想，

"他或许是海德堡大学的教授吧",路面却突然变窄,接着便伸向一段"绿色的战壕"之中,这就是哲学家小径的"蛇径",弯弯曲曲,石垒的墙壁相夹,两壁长满绿色的苔藓,如虚幻世界一般,一会儿只能望见狭长的天空,一会却又出现豁口和设有木椅的观景台。在虚幻的世界里忽明忽暗、曲曲折折地行走,这或是哲学的形象呈现吧?

走出蛇径,便到了内卡河边,老桥的北桥头,于是向南过桥,往海德堡的学生监狱。18世纪初,根据学校"治外法权"的规定,犯"小错"的学生警察不能管,于是海德堡大学自造监狱将"熊孩子"收监。犯错的学生晚上入狱,白天上课,如此关押二至四周。有趣的是,监狱不禁止探监和外购食物,于是这里渐渐成了学生喝酒撒欢的天堂,而这种本于惩戒、终于虚设的监狱竟然存在了两百多年,是校方愚钝,还是开明?现在看来,只能理解为聪明了,因为这个校园里的三层小楼成了游人必到的景点,而海德堡大学也极其划算地借着这栋小楼的光增添了吸引力。

海德堡之行,心并未像歌德那样遗失于此,也没有如马克·吐温所说,认为海德堡是"到过最美的地方"。闲来无事,不禁思考城市的吸引力究竟在哪里?又该如何获取游人的关注和兴趣?海德堡一游似乎给了答案:有一些吸睛和吸心的历史故事,而这故事最好具有新奇性和大众性,因为游客中学者毕竟是少数,其次旅行本质上是为赏心悦目,放松身心,所以历史故事也不必过于拘泥真实，真真假假，虚虚实实便可。

以海德堡为例，欧洲最古老的大学海德堡大学历史上有过27位诺贝尔奖得主，其大学博物馆里可谓群星璀璨，但拐角的那个三层小楼的召唤力和知名度远胜于这些学术巨擘，海德堡大学也是知道这个道理，所以在学生监狱的三层小楼里专设了一间接待室兼纪念品商店，一位气质儒雅的老年妇女和善地接待游客，倒是比近旁的博物馆来得亲善了。

还有那位大诗人歌德，应该是被海德堡当作城市名片来利用了，从知名度和影响力上判断，这位一辈子只做"写作、做官和恋爱"三件事的人，唯恋爱一点被人为地强化了，诗人、思想家和科学家的身份被让位于一个"孜孜不倦的情种"，一生结婚一次，恋爱八次，其中著名的玛丽安娜之恋，更是被处理成了纯洁感人的生死恋，在百年以后，在高墙之下，在城堡花园，低吟传唱，柔化人心。

道德评判吗？学术考证吗？千万别，城市旅游宣传有自己的标准，游客跋涉寻觅有别于真伪探究——冲新奇而去，向心意而往，沉美好而自迷；城市、游客携手两欢，心满意足依依不舍，于是心被偷走，便也在情理之中了。

雾里羊角

司机将我们送到一幢草顶的木屋前，便微笑着挥手离开了。随后一位中年男士开门迎接了我们。他是这木屋的主人，将木屋辟出一半做民宿，主业是绘画，是画家，他与家人仍住在居屋的另一半里。真是奇妙的旅行，转瞬之间，我们就与一户荷兰人家共用同一个屋顶，做了一家人。更奇妙的是，我们所到的这个叫"羊角村"的村子，其建筑和氛围还保持着荷兰中世纪的风格，特别是在这寒冷多云的冬季，陈旧、灰暗、寂静的环境更是令人产生了一种时空的错觉，真是难得的旅行感受。

沿着木屋墙脚的河边小道前行，不过数米距离便有一木制小桥，跨过即可进入村子的主道。欧洲人喜爱花卉和饰物，沿小道行走时，看见主人在墙壁和门框上插挂着的干花、动物塑像和圆头木鞋等，给寒冷添加了一些暖意。尤其是那木鞋，这种像木船一样的鞋子是荷兰的标志，也是地域历史的提示，我们正处在一个低洼多水的国度。

村子很安静，连鸟叫的声音都没有，或许是天寒的缘故。

但雾气却在不经意间漂浮了起来，将我们和整个村子带进了一个缥缈的水乡雾国里。最先吸引目光的是那些锥形的屋顶。屋顶是草盖的，因为日晒雨淋，许多已是灰黑的颜色。锥形的屋顶和我们熟悉的三角形屋顶不同，它有四个坡面，罩在屋子上，屋檐往往还伸得很低，此时又在朦胧的雾气里，一个一个立着，像一顶顶黑旧阔檐的帽子，久远而沉郁，令人想象那屋盖下的主妇，穿着灰暗的裙袍，在昏暗的屋里，烹煮着黏稠的食物，屋子里烟气弥漫，但很快这种想象就被屋檐下的墙壁和院子的布置打破了。除了屋顶略显陈旧外，房子各处都鲜明地透着精致和讲究，如墙壁和窗框往往都有对比的色彩，屋前的小院都有仔细修剪过的草坪，绿草之间，一桌、一椅，几个雕塑，数丛花木，顿然间生机和趣味洋溢。其实代替瓦片的茅草已经完成了从贫穷到富贵的转变，这种用芦苇铺盖的屋顶，冬暖夏凉、寿命长久，加之物稀为贵，如今已是富贵人家的标志。我在荷兰莱顿市就曾看见过以此为顶的别墅，如此看来，羊角村也已告别了过去那个挖煤的贫瘠小村了。

  横跨在河道上的小桥在雾的缠绕里，隐隐约约，斑斑驳驳，一头连着小院，一头连着对岸，显出时间的久远，吸引着我走到那桥上去。据说小小的羊角村有一百五十多座横跨河道的小桥，这让我自然地推翻了"桥归桥，路归路"的说法，而要将这里的桥视为路了。在羊角村，桥不仅是路，而且多是各家专属的路。这和中国的水乡乌镇又有不同，乌镇也有上百的桥，但大多是共用的；大户人家也有院子，但院子是墙内的空间，羊角村则完全不同，每户人家都占据一块水边的陆地，四周被水包围，像一个岛屿，或是带着护城河的城堡，桥梁是联系水陆的唯一步行通道，所以桥是专属的。

此外就是院子，这里的院子是房屋的外部空间，有专属性，但不具私密性，空间上是开放的。这样的区别既有村子形成的偶然原因，也有文化差异的因素。七百多年前，羊角村一带出产泥煤的消息传了出去，吸引了一批来自地中海的移民赶来开采，挖出的泥煤要利用水路运送出去，同时泥煤以外的淤泥要为水路运输让路，水路后来变成了现在的河道，淤泥则成了各户人家居屋的地基，河道纵横，加上有意改造，房基地便成了水道包围的高地。讲求个体独立，讲求私人空间和亲近自然，这是欧洲人的文化观。

雾气是从纵横的河道里升腾起来的。河道是羊角村居民出行的传统道路，所以除了连通各家的小桥，各家还都有码头，这是很有新奇感的地方。村里的河道是通向村外的，所以在家门口解开绳索，推动木船，划动木桨，就可以出门和回家。通向村外的河道很宽，村内的河道窄的仅能容一船通过，想象一下，在狭窄的河道里划船、转弯、停船的情形，似乎"哗哗"的水声和船体与河岸碰擦的"砰砰"声就在耳边，那是一种很悠缓的生活。但现在河道已是一种纪念性的摆设了，更多的是出于旅游经营的需要，刻意保持着历史的水乡风貌。一些供游人乘坐的木船被漆成了彩色，停在被水雾笼罩的河道里，轻微地晃动，另有一种童话的滋味。

路上出现零星的行人和说话声。"哈罗！"河道边几个穿着彩色防水服的人友善地向我们打招呼，原来是疏浚河道的工人，正坐在地上用早餐。好奇心驱使我驻足，想看看他们是怎么工作的。这一看则进一步印证了羊角村与泥煤的关系。只见他们使用一种像水上坦克一样的机器挖掘河道里的淤泥，又用木桩加固将要坍塌的河岸，人和机器都在水里搅动，结果是施工面上乌水翻滚。这正解了我路上所见的疑问，与别处的水乡不同，这里的河水色泽是乌亮的，清澈里像是掺杂了些什么，原来水下和河岸的泥土是黑色的，像为河水加了一道黑色的衬底。这个发现也证明了羊角村出身的历史。这里本是一块无名的沼泽地，当年来这里挖掘泥煤的移民挖出了许多山羊的骨头，于是就有了"羊角村"的名称。村名取得很感性，后来河道和房屋的设计布局也很感性，我想，村里一定有能人，或者移民的后代里出了能人，这才为世人创造了这样一个极富艺术感的迷人村庄，还荣获了"荷兰威尼斯"的美名。

不觉间已走到了村头，也走出了水乡。眼前可以看到大片的草地，只是雾气更浓，看不到更远。笼罩天地间的晨雾像一面高而厚的白幕，草地则是舞台。舞台的深处似有物体在移动，拉近了相机的镜头，才知是在晨雾里吃草的羊儿！再仔细分辨，又发现了更多的羊儿在移动，是雾里的羊群。这里面是否藏着什么暗示,在我们即将结束这次水村之旅的时候,为了加深关于村庄历史的印象,而在幕布上打出了"羊角村"的字幕?或者精致、朴素的美才是更具有审美意蕴和审美价值的?

这是一次收获满满的相遇,在冬季晨雾中的荷兰羊角村。

城中央的纪念

你赞成城市的中央开辟花园，但你接受城市的中央建立墓园吗？冬日柏林的那个下午，我完成了从"花园到墓园"的无障碍过渡。

去柏林前就知道那有一个"欧洲被害犹太人纪念碑"，一直以来，但凡有犹太元素的事物都会引起我的兴趣，自然是要去看看的。

或许是天意，纪念碑就在距离住处数百米的地方。出门右转直行，阴暗天色下，咄咄寒气里，一大片乌云般的建筑物在前方出现。欧洲之行，有过太多参观犹太民族悲惨历史的经历，这次又将看到什么和感受到什么？内心已然沉重纠结。

这不是我们惯常意识里的那种独立高耸的纪念碑，而是一个浩大的碑林。在将近三个足球场大小的不规则方形地块里，密密麻麻排列着两千多个纪念亡者的墓碑，代表着被纳粹杀害的六百万犹太人的亡灵；不，它不是墓碑，准确地说，应该是墓棺，清灰色混凝土，长方形，高高低低、大大小小，停放在露天冷地，没有围墙，没有大门，没有文字，没有装饰，没有芳草，没有绿树，也没有鲜花，任凭日晒雨淋，寒暑剥蚀，接受市民和游人的悼念。

这是一个风格朴素却效果震撼的墓碑雕塑。外围的墓塑低矮，仅高过脚踝，像露出地面的棺椁，令人想到那些被夺去生命的孩童；越往里面，墓塑越高，至高达数米，如高墙大树，令人想到那些被残酷杀害的成人。

设计者显然是要通过仿真的构筑削减解读和联想的环节，直接将观览者的意识与亡灵之墓建立联系，甚至进入亡者身前的情境。仿真的造型，压抑的色彩，以及简单的线条，留给人们更直接、更宽阔的想象空间。墓塑起起伏伏像是阵阵悲吟，排排列列像是声声怒吼；分离的母女、懵懂的孩童、惊恐的老者、无助的青年……无数罪恶的影片纷至沓来，填斥意识和视野，悲愤交集而生，久久难消。

成网格状排列的墓塑，立在起伏的坡地上，中间由小块方砖铺就的小道连接，小道宽仅一米，只容一人通过，偶尔随坡陡然降下，伸向前方恐怖的黑洞；左右碑林丛丛，脚下坚硬曲折，如入迷宫，转瞬间不知所在，同行不相见，独行落丛林；抬头张望，碑柱拥挤，将天空撕成不规则的碎块，光线从碑柱的间隙漏下，更加感到幽闭和无望。

曲折，撕裂和不确定是墓园碑塑刻意追求的效果，也是实际产生的效果，它不仅用浩大林立的墓园碑塑向那段反人类的历史发出控诉，也喻示了受害者内心的恐慌、挣扎和孤独无望，揭示社会秩序被撕裂状况下的扭曲与混乱。在碑林小道上行走的过程中，我自然地联想到了同在柏林的"犹太人博物馆"。博物馆就建在柏林墙遗址公园对面不远的地方，从高空俯视，建筑的外形呈曲折的条状，令人联想到扭曲的生命和扭曲的秩序，内部更是显示了不规则的结构设计，路面倾斜，墙壁曲折，屋梁凌乱，空间虚幻，失衡，不安、迷离，挣扎等负面感充斥整个参观的过程，与眼前的纪念碑相比，一个复杂、含蓄，一个简单、直接，所传达的寓意则是相同的。

墓园的地下部分是展览馆。按照提示沿阶而下，首先看到六块巨大的灯光展牌，展示有名有姓的遇害者照片，密密麻麻，代表六百万消逝的犹太人生命，这是一场集体的悼念，朴实、直接而震撼。最令人赞叹的是天花板和地面展示框的设计，抬头仰视，可以看到凸出的方格状水泥屋梁，提示这是地面墓塑的延伸部分，给人仍在墓园的空间感和压抑感；地面长方形的展示框更是与地上的墓塑形成呼应，灯光从地面反射，参观者低头默视，自然形成了屈身默哀悼念的形象，真可谓匠心独运、用心可赞了。

地下展馆沿袭了与地上纪念碑一样的设计风格，简单、直接地刺激观览者的感官和情绪。如在地面铭刻遇害者的亲笔书信，见证那个残酷黑暗的地狱，"在死亡面前我与你诀别。我们很想活，却不让我们活，我们要死了"。这是一位十二岁的犹太姑娘1942年7月31日写给其父亲的告别信，无须任何的渲染和加工，即能感受到死别的痛苦和无望的呐喊，本身就是对纳粹罪行的铁的控诉！又如，扩音器里循环播放被害犹太人的姓名和简历，直接造成哀悼亡灵的情境。据介绍，把这些资料用德、英两种语言完全读一遍，需要六年七个月零二十七天！在柏林城的中央，在墓园的深处，也在人心底，悼念的声音循环不止，正印证了德国总理默克尔的承诺："我们对纳粹所犯下的罪行，对第二次世界大战，尤其对种族大屠杀受害人，承担一份永久的责任。"

纪念碑的设计已经令人赞叹，纪念碑的选址则更是令人敬佩。首都的地理中心已经特别，更何况还是首都历史、政治、行政的中心区域。惯常印象里，这样的地方，应该是商业地标或者国家荣耀历史建筑的专属地，却建设了一个浩大的仿真墓园，让位给了自我的揭丑和反省，真让人感动和佩服！再看看这个纪念碑所在地的特别之处吧：柏林城地标勃兰登堡门以南，直线距离只有二百余米，周边还有现代商业中心波茨坦广场，以及咫尺之遥的联邦议会、总理府和使领馆区等，同样具有特殊意义的是，纪念碑就建在原纳粹德国宣传部的原址之上。不得不说，在这样一个重要而敏感的区域建立揭露国家自身不堪历史的纪念碑，不仅向全体德国人民和全世界人民宣示了非凡的反省诚意，而且表达了以实际行动悔过自新、承担责任的勇气、意志和决心。

为了表达诚意和决心，竟先后有两任总理在波兰犹太人纪念碑前下跪道歉。正所谓跪下的是一个人，站起来的却是整个民族，直面历史，真诚忏悔，勇担责任，救赎自新的行动不仅赢得世界各国的尊敬，而且必将持续赢得自身发展的生机。

墓塑建在城中央，忏悔刻在国家的心脏，如此的理性自觉和行动勇气令人由衷赞佩！

街如T台美人来

经过女儿一番纸上谈兵和电话沟通，一家三口便登上了荷航的飞机，辗转二十多个钟头，在波兰旧都克拉科夫机场落地。

机场不大，样貌也不如国内的气派，飞机滑行时，看到停机坪有绿色的军用飞机，令我瞬间联想到冷战烟云。

也许不是热门旅游地的缘故，别说中国人，连亚洲人也鲜见，随着稀疏的乘客在传送带前等行李，不想竟等了一个多小时，传送带像我们一样疲惫，缓缓地滑动，行李零零落落地走走停停，似乎也带着情绪。拖着行李等行前联系好的汽车，也一直等到要崩溃。

这时一位高帅的小伙举着纸牌走来，与女儿叽呱几句，面无表情地拖着行李走向一辆簇新的奔驰商务车，一路小伙无言，伴着音乐在绿茵相夹的车道穿行，小伙长得帅，窗外景色好，旅途的疲累也消去一些。

克拉科夫古城的街道保存得很好，一派古旧厚重感，街道很干净，也很清静，间有轨道公交轰隆驶过，瞬间消逝，更显得时间的遥远。据说古城在二战时几小时就被德军占领，没有交战，所以得以完好保存。

一觉醒来，精神好了许多，便急切地东张西望起来，渐渐地感觉到要发生什么，后来才知道，这里古旧的街道除了见证历史的作用，还作了供美人纷纷而来的舞台。

美人是徐缓和悄然出场的。古城的居民和游人都睡得迟，街道少有行人，店铺也都静静地关着，我在笔直的古街像要寻找什么似的慢走着，忽然眼前一亮，一位金发美女从古街的拐角亮出身段，疾步走过，她似乎没有睡觉，一直这样走着，因为从妆容、发型和富有弹力的步伐看，怎么都与松弛的睡眠联系不到一块。

街巷的早晨走过一位美女，实在不值一奇，但在古老厚重建筑的背景中，美女如流云般穿梭，如模特队表演一般，就不得不让人惊诧和注目了。这一计划之外的收获是在游人渐多之后，美人实在太多，竟让我决定新增一个旅游内容——拍美女。

拍美女是个艰难的活，刚举起手机，便被惊得花容失色的女儿喝止，"不能这样！"不能这样，说明可以那样，于是就装着被古迹深深吸引的样子，做出拍摄状，等美女进入镜框，才按下按钮，接着做出寻找其他古迹美景的神态，虽有做贼之虚，终盖不住收得美人的窃喜。

迎面拍照是最好的，但总有危机发生的惶恐，可计划要践行，便结合着拍背影和侧影，于是出现了这样的有趣画面，目标出现，迎面相遇，擦肩刚过，转身咔嚓；低头装作看手机，手腕悄转，收美入册，抬头若无其事地走向别处。

拍多了，便有了许多发现。美女大都一律冷峻，并非是模特的专属，特别是单个行走的美女，大都面无表情，目光直视前方，作出旁若无人状，步伐坚挺，步履疾快，步距长阔，上身直立，身体随步伐如浪里行船起浮，伴长发飘飞。我知道，美女如此，是在彰显青春美丽之傲和引人目光的故意和自信。

以往不明白摄影师为什么总将美女放置到荒漠、古堡背景里拍照，这回才知，原来是为收取人和背景的反差，突出人物的美丽，但我要说，克拉科夫的美女反倒为千年古城增添了活力，美女，古城，故去的历史，鲜活的现实，和谐融汇，相得益彰。中东欧的美女本身同时也成为一项珍贵的旅游资源。美女，真是上天赐给人类的财富。

美女并非青春的专属，这是我到欧洲旅行的另一个更大的发现。

"我更感叹老年妇女的精致和优雅，你看那发型，还有神态！"老伴的感叹让我的目光在朝日和夕阳间穿梭，于是有了更多的感叹和思考。

欧洲老年妇女的形象进入我的相框和相册，其震撼力远超那些年轻的女子，其原因在于雅致背后传达的密集的信息。行走在古堡、古街间，以及坐仰于公园木椅和绿地上的老年妇女，穿着和发式极为讲究，特别是行走时挺直的腰板，坐仰时悠闲或者慵懒的神态，无不向人们传达着她们无忧的生活，无争的心境，以及夕阳的艳丽、活力和自信。我想，在她们身上和心里，好像"女人如花"的命运是在根枝消弭倒地时才终结的。我突然想到我的已故去的母亲，以及我熟悉的老人。

说到精致和优雅，想起两个有意思的细节，欧洲的青春美女大都有戴墨镜的喜好，似乎这是美女的标配，遮阳看来还在其次，显酷才是要旨，这标配同样在老年妇女身上体现，绝不因年龄而"谦让"。在维也纳多瑙河畔的一个公园浴场，看到几个穿泳装的老年妇女，用大大的浴巾擦干身体，满足地围坐在酒吧的木桌前，一杯金黄的啤酒，一块夹肉的面包，一支袅袅的香烟，微笑地交谈；在旅游小镇哈尔斯塔特，茜茜公主住过的酒店大厅，专辟出一处吸烟区，而吸烟区与禁烟区不仅紧挨着，且没有遮挡，这样的安排意义何在？在可能的情况下，尽力兼顾群体和个体的需要，并给予个体心意和个性自由张扬的空间，这是我所能给出的唯一解释。

美丽，并不因年龄而避让，个性，拥有广阔释放的空间，生活，在精致的追求中铺展，这是人生应有的理想。

街如T台美人来，祝生活走向美丽！

绿野花心

这里要讲的不是绿林响马的艳遇，也不是西部牛仔的爱情。

飞机飞抵波兰上空，弦窗外展开的图景令我为之一震，大片的绿野平畴铺展开来，一簇簇红顶的农居点缀其间，绿的是草坪，又与浅黄长整的垄块间隔着，如彩画一般，生机扑面。怎么都是草坪？那浅黄是什么？飞机在降落，心里已决定要探个究竟。

当我行走于陆地，当我乘坐汽车穿梭于中欧的城堡、乡镇，我首先被那遍布的大大小小的碧绿草坪震撼和陶醉了。

草坪之多、之广，举目皆是。草坪已经铺展到山脚，所有的空地都让给了碧绿；这还不够，常常看到山的腰间和山的顶部出现一块块圆形的草坪，四周被绿树包围着，像碧波荡漾的湖。

是自然野生的吗？像地毯一般围裹于房前屋后，整齐而葱绿，不见枯黄，特别是山腰和山顶的草坪像从天而降一样，割草机的划痕隐现；是田畴吗？欧洲的田地只种绿草？是牧草吗？为什么罕见"风吹草低见牛羊"？兴趣随好奇荡漾起来。

疑问在温州同胞的介绍中得到了解答。"是牧草"，"为什么少见牛羊？""收割后晒干了喂。""黄色的田垄是什么？""是麦子。""不种蔬菜吗？""外国人喜欢吃肉，也种，不多。"温州同胞是一位中年女子，年轻时就移民到欧洲，现在已经加入奥地利国籍，与家人在维也纳经营一家名叫"新华都"的超市，是老板娘。

老板娘的热情介绍并不完美，既然是牧草，为什么要占据屋所的周围空地，连接着，像穿在屋子身上的绿色长裙？既然是牧场，为什么城市乡镇的公园，以及公路、河流的边坡都充盈着绿意？

生机盎然的绿意，不仅是客观的效果，更是反映了欧洲人民心底与自然的亲近，这种亲近应该是深入到生活，深入到意识的深处去了。

有力的佐证是我在哈尔施塔特小镇无意间看到的一幕：一栋老旧的木屋后面，被同样老旧的木栏围着的狭小后院，两个老人正专注地修理草坪，草坪既不规整，也不平整，实际是一块斜仄的草坡，男的满头白发，脊背弯曲，从住屋和衣着看，是一位极其普通的居民，但普通的身份并不影响他们对绿草自然的珍爱和对生活的美好兴致。丈夫驼着背脊，手扶着割草机割草，妻子则蹲下身子，整理从一棵小树上剪下的枝叶，两相无语，心思全在绿意之中。

　　这是他们的后花园，并不显眼，偏处在屋子的后面，也无碍观瞻，但并不影响主人对它的珍爱，在主人的心里，应该也无"环保"的观念，"院子要有绿意，绿植不能杂乱，像吃饭睡觉一样，自然要做的"，我猜想，他们就是这样想的，但唯其自然和淡然，更见其可贵。

　　人心的深处充盈着绿意，似乎这还不够，便邀请鲜花来装点绿野，美化生活。

　　对鲜花的喜爱是张扬的。步行或乘车时，随意一张望，农舍或高楼的窗口和阳台便有花颜招引和招摇，不由你不注意它们。鲜花一律都是浓妆的，主人却都隐去了面孔，鲜花盛开在空中，安静而欢烈，明摆着是主人的代言。透过窗口和阳台，我猜想，居室里是否也鲜花盛开？或者特意要鲜花出墙，才能表达主人的花心、花情？或者要将美丽与人共享，以换得邻里的同乐？又或者是为了走向家园时，远远地就能看到花的笑颜，闻到花的幽香？

　　对鲜花的喜爱也是专注的。在布拉格城堡游览，清早时分，游人稀少，广场空旷而安静，一位红衣的年轻女子攀在梯子的高处，摆弄着窗台的花草，红花，红衣，古城堡，十分显眼，一位穿黑袍的修女静静走过，打开一侧的小门走入，红衣的女子小心地将枯萎的花瓣摘下，完全不顾黑影的移过。这种沉静令人激动，这份专注让人敬慕。

对鲜花的喜爱更是自然的。同样是清晨,哈尔施塔特小镇,一幢花枝招展的三层小楼前,我终于看到了那隐去了面孔的花的主人,这是一位中年主妇,正与路过的邻居热情地交谈,英语或是德语?我虽然完全不懂,但从两位的神情判断,一定与主妇手中的扫把和脚下枯萎的花瓣无关,因为她们一副熟视无睹的神情。说什么呢?或许是这些吧:"王婶,早啊,吃了吗?"或许是这些吧:"老张呢?""去码头了……"总之,与脚下的枯萎和头上的绽放毫无关系。小楼的不远处,就是正在修理后院草坪的老年夫妇,弯腰与倚立照映,静默和闲谈互释,绿意与花心同在,像哈尔施塔特湖如镜的湖水,沉静而充盈。

绿野花心,深入到意念的深处,与日常生活融为一体,相伴不离,且无论贫富,这是金子般的习惯,金子般的心意呀!

也是星辰

取这样一个标题,是因为所讲的故事虽然细小,却都有星辰的光亮。

绿色的飘带

奥地利,萨尔茨堡,一座风光秀丽的古城,萨尔茨河穿城流淌,似能听到莫扎特流畅的琴韵。

沿河有专为自行车开设的小道,水泥铺就,并不高级,更不高级的是沿河路边的公厕,像一个临时搭盖的房子,但就在这个不起眼的房子里,却上演着令人肃然的举动。

旅行也是一项"痛并快乐着"的活动,一家人走得腰痛,便在萨尔茨河边坐下休息,妻子从公厕里出来,向我感慨地讲述了一个感人的故事,厕所里有一位中年服务人员,形容美丽,每离开一人,她都要用卫生纸擦拭马桶,才微笑着迎接下一位,人多,所以时间长。故事情节简单,张力却很大,如厕要缴费,关怀却很到位。不起眼的旅游地公厕，美丽的中年服务员，却能在这样一个擦拭的细节上，将豪华比下，将尊重托起，而且是在默默重复和频频微笑之中，确实令人感慨肃然！

这个故事让我想起从波兰到布拉格途中见到的一幕。

汽车一路向西，走了很久，正在我昏昏欲睡之时，汽车拐进一处建筑，原来是加油站。我靠在车窗的玻璃上随意地向外看去，一条飘扬的绿带引起了我的注意，绿带原来是我们常见的滚筒卫生纸，装在一个镶嵌在玻璃上的塑料盒里，供人使用，但我立即发现了这一设置的不平常，滚筒卫生纸的所在，是一间玻璃小房子，从红绿的按钮和红色的灭火器判断，大概是自助加油设施，自助则自助，还要配上卫生纸，以方便加油人擦手，不得不让人佩服其中的细心和温馨。

世界之大，能在加油站或其他公共设施处配以卫生纸，而没有经费之累的国家，应该很多，但类似的意识和举动都有吗？这个飘着绿带的加油站位处波兰与奥地利的交界，从周围建筑看，是一个我们称作郊区或"结合部"的地方，不担心被人偷了去，或被以为"不切实际"吗？

但可以肯定，他们是不担心的，并且已经习以为常了。

专注的擦拭，热情的微笑，飘扬的绿带，在我眼前叠现起来了！

升降板

奥地利萨尔茨堡,吸引我的是半山腰的一座古老的修道院,那里是美国电影《音乐之声》故事的发源地和拍摄地,但终因体力不支,转而去同为电影拍摄地的米拉贝尔宫以聊补。修道院里上演的是感人的爱情故事,米拉贝尔宫中埋藏的是主教出格的"藏娇"劣迹,都是男女间的故事,但一个感动,真挚,一个新奇,俗气,转了一圈,失意地离开。

街上到处有露天的饮食摊点,面包和烤肉的浓香阵阵飘散,但不受我饥肠的欢迎,茫然地在一个公交站亭里坐下,一边缓解腰酸,一边琢磨着吃饭问题。

正纠结着,一辆硕大的公交车缓缓停下,我们起身刚走几步,车门开启的一刻牢牢地粘住了我们的双脚:随着车门的开启,出现的不是乘客,而是一架缓缓降下的金属梯子,伸出的踏板像登陆艇的舱门,架在路牙上面,与路面相接,一位穿着绸面背心的司机下车走到梯子一侧,感人的一幕出现了:一位穿红衣的老年妇女,弓腰将轮椅里的老年男子推向踏板,司机在一边辅助着;更令人感动和惊异的是,梯子升起,车门关闭后,老年妇女转身离开,将那老伴交给司机了。

过程都在无声、娴熟和平常中结束。汽车驶向远方了,但我却"耿耿于怀"起来:这是一种怎样的装置和关怀,以及风习呢?升降板没有多少科技含量,不足为奇,关怀和风习却让人震惊和感佩了，残疾的老人乘车，得到要人般的接待，乘客们并没有纷纷伸出援手，但无声无怨，视以平常，可谓"蔚然成风"了；更为震惊的是，我们以为不能寸离的老伴，竟然放心地将另一半交给了司机！残疾的他怎样下车呢？应该是有亲人接站的，但到时穿绸面背心的司机一定是要重做上车时的举动的，乘客们也一定会安静地等待。

想象一下吧，在一座城市的街道上，时常上演着这样的温馨的场景，默然平常之中，市民和孩子会接受到怎样的教育和熏陶呢？

在修道院的计划没有实现，否则错过这一幕，损失也是不小的。

郑重的亲吻

始建于8世纪的瓦维尔城堡，是当时欧洲最大的皇宫，皇宫教堂下的地下室是安放灵柩的陵墓，出于好奇，特意走下了窄陡的台阶。

地下室没有窗户，灯光也昏暗，加上静默流动的游人，让人产生时间的恍惚感。走了一段，才发现好奇是浅薄的，大大小小，各色材质的灵柩，摆放在地下室的不同区域，虽贵为国王、皇室等，各自却只占据一棺之地。

严格地讲，这里已不是纯粹的皇家陵墓，因为还包括波兰历史上的其他杰出人物，如著名爱国主义诗人亚当·密茨凯维奇的灵柩也摆放这里。国王与诗人同处一室，战将与皇室同居一隅，往日的威风和辉煌，在地下室昏暗的灯光里，低调、悄然，不由使人肃然起敬。

出口处一尊淡黄大理石灵柩是唯一允许拍照的灵柩，灵柩正中摆放着两簇白色的鲜花，红色的绸带覆盖其上，顶端是波兰的国旗。这里是波兰总统莱赫·卡钦斯基的最后归宿地，包括他的妻子。

我知道，这位波兰总统的逝世源于一次悲惨又蹊跷的航行，航行的目的地是俄国的斯摩棱斯克，20世纪40年代，在那里的一片森林里发生过一场惨绝人寰的大屠杀，两万余波兰的军官和精英被苏联军警以同样的姿势枪杀埋葬，史称"卡廷惨案"。卡钦斯基是去参加惨案纪念活动的，连同他的妻子和政府要员，结果飞行途中失事，无一幸免，给灾难深重的波兰民族又一重击。

脑子里正凌乱地搜寻卡廷惨案的记载，一位游客的举动让我立即回到现场来，这是一位白发苍苍的老妇，站在灵柩的一端，右手在胸前比画着，突然屈下身体，在冰冷的灵柩上郑重地一吻，然后离开。

我的心也被老妇的这一吻而震荡。目光追随老妇的背影，直至消失，似乎感觉到她的轻松和满足，或宽慰。收回目光，再看眼前这淡黄大理石的灵柩，身体里像有暖意升起。老妇动作的熟练和神情的凝重，更像是本地的居民，他是从上面的教堂完成了日常的祈祷后特意下来的吧？特意要在总统灵柩上献上郑重的一吻，到底是要表达怎样的心愿和心思呢？

我不能无端地猜想，却感慨于皇宫如此安置亡灵的价值！

旅思云想

万里异国做中餐

十几天的欧洲之行结束了，飞机在祖国的上海落地，见到了熟悉的建筑，看到了熟悉的面孔，闻到了熟悉的气息，万米高空，万里飞行，两个世界的转换，竟似在倏忽之间。拖着行李在街道上走着，心里产生一种恍惚感——"旅游的魅力是距离产生的吗？"一个话题跳入我的脑际。

最有说服力的是在异国他乡烹制中餐的经历了。

到克拉科夫入住的当晚，胃肠已被一路的西餐搅得翻转，"煮泡面吧"，女儿的提议立即得到一致的赞同。

面的包装上标着熟悉的商标和熟悉的中文，再加入同是国产的午餐肉，汤面咕嘟之中，熟悉的香味便充满了整个房间。一家三口迫不及待地美餐一顿后，我摸着肚子满足地走到阳台看夜景，猛地激动起来，这是在哪里？这是在万里之外的波兰煮中国的泡面呀。食品和烹制简单而熟悉，但换了一个国度，拉开了一段距离，便产生了值得体味的兴奋和神奇感，可见旅游的魅力是与距离相关的。

加深这种感悟的是后续正式烹制中餐的经历。

克拉科夫酒店产生的距离意识一直在我身体里发挥着提醒的作用。到布拉格的几天，我们的吃饭问题大都是在民宿里解决的。民宿就在布拉格老城区的一栋民居里，开放式厨房，与国内并无别样，但餐具却是各样的刀叉，炒锅也是平底的了。接下来要完成的事情是采购，在欧洲的古街道里找到一间超市，竟然看到许多面孔相同的国人，照国内的式样买了一大堆肉菜，从各种肤色的游客身边七转八拐地回到住处，进入厨房操作的时候，时空便模糊起来，像在国内的家中了。

萝卜排骨汤、灯笼椒炒肉丝、清炒黄瓜、香肠炒大葱等，一溜摆上餐桌，三口围坐，将德产的啤酒斟满，碰杯的时候，已经意识到这是将中餐和团圆"空降"到万里之外的布拉格了，旅游的神奇和魅力感也充斥于心，吃得格外有滋味。

更有滋味的还在窗外。

民居就在古城里，距离著名的查理大桥只有百米之遥，大桥上的三十尊表情各异的雕像似乎已经发现，桥下的一间民房的餐厅里，出现了新奇的景象吧？

用现在的眼光看，查理大桥也就是一座普通的石桥，但知道它已经在伏尔塔瓦河之上横空跨越了悠悠六百余年，知道大桥是历代国王加冕的必经通道，特别是想象到"捷克音乐之父"斯美塔那，接受伏尔塔瓦河撞击查理大桥的呼唤，创作交响诗《我的祖国》的情景，以及作家卡夫卡，孩童时借着路灯的光亮，一步一停，数着桥面石子的画面，这个时候，身在异国的我的意识里，现实的时空和历史的时空向两边无尽地伸展开去，恍惚之中，便心潮激荡，幸福满满了。

距离在旅游中的作用仍在证明和发酵着。到维也纳的住处依然是民宿，主人是一位年轻的男子，与女儿叽呱交代几句后，便将一个欧洲的家交给了我们。依然有设备齐全的厨房，依然有已经熟悉的炊具，将食品买来，又做起了中餐，同样一家三口围坐，同样斟满了德产的啤酒，但感觉已与第一回有了不同。我知道，这是因为烹用中餐的次数和场景多了，距离的界限开始出现模糊的缘故。

这时，享用西餐的愿望反倒强了起来。

照着导航的指引，在一个Y字形路口找到了"中央咖啡馆"。这是维也纳排名第一的咖啡馆，距今已有一百四十年历史，出名的原因还不仅是其历史的悠久和西点的色味，更在于这里与一连串的名人联系着。

客人很多，要排队等候，迎面一尊坐姿的雕像在琳琅满目的点品台前迎着，他就是那位"不在咖啡馆，就在去咖啡馆路上"的奥地利著名诗人阿尔滕博格。他是中央咖啡馆最忠实的客人，"后半生除了睡眠时间之外，差不多都是在这里消磨掉的"。这位留着两撇八字胡的秃顶老人，西装革履地坐着，眼神幽深凝滞，他又在构思什么作品吗？

目光搜寻过去，似乎看到咖啡馆里还坐着许多如雷贯耳的艺术家和学者，贝多芬、莫扎特、舒伯特，以及弗洛伊德等。在这样一个文人墨客和政商名流时常聚会的场所，艺术和文化的气息与窗外不时经过的高头骏马和古式马车叠映在一起。于是在马蹄和响铃声中，历史的烟云便将品尝美点和美酒的今人托举到遥远的时空之中，晃晃悠悠，迷迷陶陶了。

万里异国烹中餐，万里西洋品历史，万里他乡思人生，这一切的新奇和收获，都离不开距离的作用。

我算明白人们都喜欢和向往旅游的原因了——"离开，走出去"，这是现实人心的共同诉求和呼唤。现实的生活和人生，像是一个不断给自我垒砌屋子的过程，屋子再大，终究是一个封闭的空间，爱恨情仇在其中，喜怒哀乐在其中，迷恋疲累在其中，俯首仰望在其中，种种感受和经验像放进盐水罐子里的泡菜，香味发酵的同时，呼吸也困难起来，视线也模糊起来，所以产生了"走出去"的愿望。

走出去，距离还要越远越好，因为走得远，离开屋子的心理暗示才鲜明，走得远，心才有更大的安全，更多的放松。回首为之奋斗和迷恋的屋子，才看得更清楚，更超然。即便思念难舍，旅行归来，因为心里已经装着阔大的世界，活得会更加自觉些。

你知道了人们不喜欢到生活地的景点观光的原因了吗？缺少距离的诱惑和馈赠呀。

既如此，那么，收拾行装，去远方吧！

旅思云想

幻世静美

世间有一些地方，你相遇一回，余生便不会忘记，阿尔卑斯山峰峦环抱里的小镇哈尔施塔特，就是这样的地方。

火车把我们放到小站的站台，就鸣着响笛隐没在峡谷的转弯处了。站台只有我们三人，一块长方的水泥地，几把铁质的座椅，一栋迷你的车站小屋，四下里青山满目，寂然无声。恍惚间，我们像是被空投到这里。没想到这正是哈尔施塔特迷人神韵的特点和效果——恍惚于真幻之间的静美。

不知是否刻意，通达世界最美小镇的道路竟然是一条原生状态的土路，土路顺坡而下，需侧着身子行走，才可避免滑倒。抬头瞭一眼前方，可见林梢上露出的半截教堂尖顶。没想到这样的环境竟起到了屏风的作用，待穿过树林，站在码头边上，小镇便如深闺里的女子，风姿绰约地向你走来。

哈尔施塔特的美是可以一下子就令人忘我的惊诧的美。月牙形的湖水，月牙形的小镇，青顶彩墙的房屋，沿陡峭的山坡高低错落，像挂在山崖之上；湖水丰盈清澈，环峰腰围云带，煌煌然刺激着你的视觉和嗅觉。我们到的时间是下午，西移的太阳迎面射来金光，将山峰和大半个小镇倒映在水里，如海市蜃楼，亦真亦幻，真是美不可言。

初见的印象太过强烈，虽然夜幕已经降临，到室外去走走的想法却不断涌上心头。出酒店大门便被近处的音乐声吸引，寻声前往，才知教堂在举办音乐会。这真是奥地利的小镇了，在如此大山中的偏僻小镇，竟然有举办音乐会的习惯和需求，看来音乐在奥地利真是化入血脉之中了，小镇在萨尔茨堡区域，莫扎特对故乡有更深远的影响也就不难理解了。从半掩的门望去，条椅上已坐满了听众，多是像本地人的神貌和装束，可惜被告知过了预定时间，无法入内，错过了一个贴近了解小镇文化的良机。门口的落地海报上居然还有中文翻译——"哈尔施塔特之声"。这真是一个有意味的曲名，心里生出一种难言的激动来，像云雾，飘飘摇摇的。在这样一处深幽的大山之中，在这样一个古老的小镇里，平常用来聆听圣言的教堂大厅萦绕起交响乐的旋律，端坐聆听的人们是小镇的居民和信徒。他们在聆听什么呢？大概离不开小镇悠远的时光和情怀吧？

哈尔施塔特从哪里来，有一种生动的说法，是盐"腌"出来的。七千年前发现盐矿，规模性的人工开采至少也在千年以前，欧洲最古老的盐矿，因此名立史册。被欧洲人称为"白金"的盐矿从大山深处掘出，引来皇族目光，将其纳入"王室的财产"和领地，也召来青壮的盐矿开采者。我想起小镇花坛里那个躬身背矿的沧桑石像了。不难想象这样的情景：每天清晨，翻越三百余米的山峰，再下沉到山底数百米的矿巷，背出一筐筐的盐矿石，日落时分，在湖边洗去身体的泥沙，拖着瘫软的双腿，走进昏暗逼仄的棚屋，等待天明再一次出工。世界最美小镇的前身应是搭在湖边山脚的工棚，从简陋工棚到花树彩屋，以及人间幻境，不知经历了多少次的日落和日出。

哈尔施塔特的美有其天生丽质的基因，她是千万载光阴酝酿，大自然纵横挤压造山运动的产儿。阿尔卑斯山从特提斯海底诞生，携带了海的精灵——盐矿，又培育了哈尔施塔特湖的丰盈秀美。但自然的美丽只是美人的坯子，人文的加入和变迁才成就了今天的美颜少女。忽然冒出一个奇怪的想法，哈尔施塔特是女人还是男人？如果从盐矿算起，小镇的前世应该是男人吧。

夜幕降临不久，小镇却已经进入微醺之中，伴着湖水的拍抚，进入混沌的梦乡之中，好像受了白日游客的喧嚣之累，急于要到梦乡里去清净休息一样。路灯和室光都很朦胧，弯弯曲曲，高高低低的，山崖高处似有一白练抛出，听声音，知是瀑布，哗哗的远声更衬托出小镇的幽静，以及时光的悠长。哈尔施塔特睡醒的初晨会是怎样的一番风采？我期待天明时分了。

太阳还未爬上山峰的时候，我们已经走在小镇的幽径上了。经过一夜休眠的哈尔施塔特光彩照人，要用仙世美颜来形容了。山罩雾，水微澜，巷空寂，依然是一幅雍容娴静之态，但内里的生命勃动已经显露出来。你看那山间的云雾，飘飘袅袅，聚散轻舞，使青崖绿峰变化于显隐之中；湖水也似乎知道太阳将要升起，在几只白天鹅的共同参与下，划出灵动优美的水痕。小镇虽然无声，但能够感觉到人心的浮动，因为人们已经通过屋舍的美在传达这种信息了。信息的传递是随着日升逐渐明显的。晨光恰好将处于湖西的小镇照得通亮，教堂的尖顶直指高天，像是接受主的旨意，护佑身下的子民，屋舍的阳台像展览和比赛一样，摆满了各色的鲜花，像女人发间的彩饰，红黄灰白各色相间的屋墙，绿树的枝条扭动着腰肢攀援而上，像靠在墙上的舞蹈。小镇在晨光下真像一个花枝招展的新娘，引人注目。

又想起了那个关于性别的问题。现在的哈尔施塔特已经完成了男人到女人的蜕变，成了仙世美颜的女子。大自然诞生的美人坯子终于完成了漫长艰难的孕育到成熟的过程，将一个美丽的湖滨小镇呈献给山川、呈献给世人。但因这成熟是从旷工的辛劳和苦难而来的，所以我愿意将她的美丽看成是对前世艰苦的挥别，太高的山，太陡的坡，太长的路，太沉的矿，太毒的日，太寒的霜……前辈心中太多的郁积和苦寂期待后辈来宣泄，浓妆彩饰、仪态美颜正是宣泄的需求和结果。这样想来，当我来到热门景点，骸骨教堂时，心里便产生了一种特别的感触和想法。

骸骨教堂设在小镇的半山腰上，沿坡而行，即可进入教堂的区域。与我们的经验不同，教堂前的狭小广场是墓地，排列整齐、密集的条石方框里便是逝者的安息之地，但此处的安息是过渡性的，因为小镇土地稀缺，加上要与上帝靠得更近，十年以后，骸骨要被取出，晒干，然后码放到一边的骸骨堂里去，据说这是小镇沿袭至今的殡葬习俗，已有八九百年历史。死亡虽是升上天堂，但仍是悲伤的事情，然而在哈尔施塔特却刻意地要用一种明亮的色彩来呈现告别。墓地布满各色的鲜花，还立着迷你的木屋、街灯，以及耶稣、天使等塑像，肃穆的墓园竟然显示出童话般的生机，至于那些移出码放的骸骨，也画上了各色的纹饰，刻意要离开悲伤。鲜花盛开的墓园，在哈尔施塔特小镇的制高点，与生者的木屋为邻，一同俯视着哈尔施塔特湖，一同仰视着阿尔卑斯山，一同以花彩美颜、雍容仪态面对新的世界！

哈尔施塔特的美还是经历艰难之后，从疲惫走向松弛的表现，闲适才是她的本色，宁静才是她真正的魅力所在，因此无论她怎样以浓彩示人，只要回归独处，就呈现出山水悠悠、人舍默默，一片宁静和慵懒。

这样看来，拜访哈尔施塔特是要心里装着"美人入梦，小心惊扰"的意识，在"谨言慎行"中观赏才是合适的。

人在角落里

如果说艳遇可以泛指任何怦然心动的偶遇，那我在西街背巷里的所遇便是"艳遇"了。

西街是泉州的一条古街，已经有千余年的历史，这样长的岁月，蕴藏着丰富的人生际遇本不足为奇，但初到的我并没有这样的自觉。只是漫步着，要从西街的一条背巷里穿出，到西街去解决晚餐。正要走出巷口，前方西街明亮的灯光已将我的注意吸引过去，恰在此时，我强烈地感觉到身体的后侧有一种声音在呼唤我，我自然地侧转身体，目光所触，不禁热血沸腾起来。那是一间搭着雨篷的简陋排档，昏黄的吊灯下，一对年长的男女正默默地烹制着食物，排档的对侧，靠墙放着两张方形的木桌，借着排档和巷口的余光，有两位男子正默默地对酌。排档、木桌、微光、默然无语的店家和食客，组成了一幅静处于西街闹市一隅的"对酌图"。这是我意识深处的那个角落，这是我情感深处的那个角落。为此，我曾写过一首题为《我在排档的拐角等你》的长诗，一个人，坐在排档的拐角，备好了熟悉的白酒，看着手表，等候朋友的到来，回想起当年在昏暗小店前交谈对酌的情景，那是一种久违的安静、松弛和纯情，未想到，竟在西街的这条狭窄的背巷里遇见了，像两个电极相碰，顿然间火花四射，竟几次回头，要将那画面和气息收进记忆里。

此后的一日，我开始心神不宁起来，强烈地想要到西街的深巷里去寻找那些可以延续我激动心怀的画面。始于唐宋的西街有近五百米长，两侧不知数量的巷子左右伸展开来，像脊柱两边的肋骨，要一条条寻遍，包括那些又叉出的巷子，自是没有时间，于是便选择了任意游逛的方式，希望有"蓦然回首，怦然相遇"的舒怀之得。漫步中，"艳遇"往往在不经意间忽然出现，前方一侧的宅门里传出高声的话语和爽朗的笑声，走过时侧首一瞥，是几个清瘦的阿婆挤坐在窄如过道的客厅里笑谈。那开心的样子，合着满脸的皱纹，用笑颜如花来形容再恰当不过。虽然是瞬间经行的过客，我却也能感觉到她们的畅快和心里的富足。市井之乐和市井之足其实并不需要更多的物质条件，一个可以容身的空间，加上一群投缘的伙伴，便能碰撞出开心的笑语和笑颜，眼前的所见不就是这样吗？在西街的古巷里拐弯抹角地走着，目光常被悬挂着大红灯笼的宅门吸引，原因不是因为门面的堂皇，而是其深幽和透着烟火的气息。西街的深巷里有许多被刻意挂着牌匾的老宅，都是名人的故居，特意彰显出来，是为了说明西街有深厚的文化底蕴，以提升西街古宅的吸引力,但这些故居大多荒寂,不如那些仍有人烟的普通老宅更有生气。因此我更感兴趣这些悬挂着红色灯笼的宅门,常在紧闭的木门前伫立仰望,感受一种家园的宁静,想象一番团圆的温馨;如果从虚掩的门里看到如老宅一样安详沉静的主人,心里更会产生一种悠缓和踏实。就这样,我的脚步和目光在寻求朴素、安宁和纯净的思想引导下,朝着那些烟火老宅而去。

我最后走进了一座挂着红灯笼的老宅里。这是我来西街旅游所住的民宿,虽然已是经营的场所,但是从原来的民居改造而来,且修旧如旧,刻意体现了古居的原始风貌,在其间俯仰行走,竟像真在西街百年的红砖古厝里生活一样。夜幕降临,古厝内灯光温和,偶有院中居客零星的说话声飘来。室外的西街古厝是一种怎样的宁静呢?我沿着木制的楼梯,向屋顶的天台走去,只见一轮圆月当空高悬,圆月之下,出现了一个红色的十字架,细看才知那是西街边上基督教堂的屋顶。夜空里出现的这一奇特景象让我有些震惊,仿佛听到信徒们悠长的祈祷,似要增添眼下这千年古建筑群的深沉和久远。

此刻,我的思绪散漫开来,从高悬的月亮,到高挂的十字架,再到高耸的教堂,我从一个个聚焦的物体联想到"角落"这一概念。对浩渺的宇宙而言,月亮再辉映大地,它也只是宇宙的一道光照,建筑再高大巍峨,它也只是占据了广袤空间的一个局部。窄巷默默对酌的食客,狭室促膝欢谈的阿婆,红灯高挂的宅门，以及名士官宦的大厝，说到底，也都是一个个生活的角落。万物皆局部，人在角落里，这不是客观事实吗？这个在晋、洛两江拥护里发展起来的鲤城泉州，其实也是南下中原人生存发展的一个角落，沿此向南，又有长汀、永定、南靖，以至广东梅州等，无不有中原南迁移民落位的角落——人生一世，无论天寿多长，心思多大，都只能在一个特定的角落里活动。但角落与角落是有区别的，有的角落让人不愿占据或不愿回顾，有的角落则使人期望拥有或心存追念，因为后者给人感动和感悟。我于是想起了那些给过我感动和感悟的"角落"来：

依然是默默对酌的画面。一间平房狭小的客厅，木门紧闭，酒气和烟气充斥整个空间，两个中年的男人已经在里面对酌了一个通宵，仍没有结束的迹象，从偶尔开启的门缝看去，两个男人都面色深沉。他们是分别三十余年的兄弟，三十年世易时移，父母已故，岁月蹉跎，有多少要说却不知如何说的话语，有几多深长的需要用静默去感受的亲情。他们是我的两位现也故去的亲人，但那个感人的角落依然清晰地刻在我心里。因为沧桑，更因为无须掩饰的真情和畅怀醉饮。

我的记忆里一直储存着一张北京胡同的照片，这是我亲历所见的一个温暖场景。在一条已经在拆迁中的胡同里，有一间挑着"爆肚"幌子的小店，店门用一道棉帘遮着，手一拨就能跨入。店面很小，营生也很小，小到只能放下三张条桌，小到只是售卖爆肚,将黑白的羊肚放到滚锅里一涮,配上自制的酱料端上,便是生意的全部。但在寒冷的冬夜里,这里却是街坊四邻的汇聚地,一份爆肚,一杯二锅头,便足够掀起热闹的调侃嘻语,不仅对熟悉的食客,即便是生客,只要你愿意加入,胡同人也毫不生分,碰上一杯,聊上。离开这间爆肚店大致已有二十年,那片胡同想必已被高楼替代,但我依然怀念当年亲历的那一幕。因为那里的简单、朴实和热情。

令我追念的角落还有很多,那个蹲在自家门前木板小桥上,对着溪水美滋滋吃面的丽江男子,那份自在,那份安然,令我羡慕,令我感动;那片多瑙河边的沙滩,那些忘记一切的日光浴者,闭目如眠,慵懒静卧,那份沉浸,那份松弛,那份旁若无人,让我反思自己的浮躁、紧张和杂乱。还有德国和瑞士的绿色山野,那或独立于辽阔草场、或孤悬于高高山腰的民居,其中的宁静、其中的纯净、其中的笃定,让我想到人性和欲念的修养。

人生的角落既是一种物理空间,也是一种心域空间,物理空间负责解决基本的生存问题,心域空间则负责解决生存的质量问题。角落与角落有别,空间与空间各异,本质上有嘈杂和宁静两种区别,前者连着征战、争夺、烦乱、繁冗,后者连着宁静、安然、简单、纯真,似乎后一种角落的状况才是人生实际追求的目标。但要达此境界既需要生性的简朴,更需要后天的修成。这让我自然地想到了西街口上的开元寺。"此地古称佛国，满街皆是圣人"，这幅挂在天王殿内的朱熹语录似乎是在鼓励众生们修身养性，构筑健康的心域空间，过上透悟的幸福人生。

客向何去

深夜，闽西北一处狭长的山坳里，硕大的黑影高低错落，夜星般点点闪动的灯火，衬托出黑影圆形或方形的轮廓，这是客家人居住的土楼群落。与以往不同，本应沉睡的山坳却飘来含混密集的说话声，原来是土楼里的人们在准备迎接一个重要时刻的到来。土楼内已灯火明亮，只见一位白须的清瘦长者，神情肃穆地站在土楼高大的拱门前，身后是清一色的老少男丁。随着"子时已到"的提示，大门缓缓打开，长者念念有词，率先迈过门槛，便有青壮的男丁搬来供桌，摆上祭品和香炉，由长者带领大家朝着吉利的方向焚香祭拜，祈求神灵保佑——大年初一的开门仪式在山林夜空的见证下庄重结束。人们纷纷回到各家，准备天明时分另一个更庄重的时刻到来。

阳光照亮了群山，也照亮了土楼。清瘦的长者显然早已站立在土楼正中的中厅里，香案上摆满了供奉的各色果品，几束洁白的水仙正开着鲜艳的花朵，各户的长辈带着自己的子孙排列于中厅前，在长者的指挥下，对着墙壁上高挂的祖宗画像行叩拜之礼。这些画像平日里由土楼的长者珍藏，此时才隆重挂出，祖宗在上，容颜肃穆，目光灼灼，功德传扬，后辈子孙无不追念致敬，心有波澜。随着祭祖礼毕，土楼浩大的空间腾起欢快的声响，各家的门户开启，长辈们带着自己的儿女，沿着圆形的楼道，挨家地拜年，楼上楼下，踏声嘞嘞，笑语欢声，一片幸福的热闹和喜庆。内部互拜结束，又在楼主的带领下，到山坳里其他的土楼挨个地拜年，拜年的队伍在土楼间穿梭，祝福的话语在山林间传响，新年的吉光洒遍了整个土楼人家。

　　这是依据史书记述复原的客家新年礼仪的几个画面。历史倒过来翻阅查看，总会使人产生强烈的恍惚感和悠远感。这些黑黝黝的硕大土楼，被后人赞叹为天人合一的山林民居杰作，但我却觉得它们像是被一种神奇的力量从天外抛来，硬生生地落在这山谷林间，明晃晃地宣示身份的高贵和性格的特立。那些庄重又亲和的面容，与他们相依的土楼一样，也像天外的来客，暂借了山坳的林地休憩，更重视同族间的相通往来。客家，当地的官府这样登记他们，当地的土著这样称呼他们，他们自己也认为自己是"客家"。"要问客家哪里来？客家来自黄河边。要问客家哪里住？逢山有客客住山。"客家民谣的吟唱里没有忘记自己的客居身份。他们的族群里有太多的"高贵"意识和客居观念，以至到了执拗的程度，他们只利用土著的山林和沙土，却固守自己的话语，不同地域的天涯沦落客，只在土楼内和土楼间叽叽言语，最终创造了特立独行的内部语言——客家话，依然像那凸立山坳的土楼，自相呼应，自成方圆，与当地的语言分隔开来。在旧有的方言区造出新的方言，这真是奇迹。如果不是因为自我身份的珍视和自我文化的强势与自信，又怎么可能仓皇逃亡、寄身山林却依然如此特立独行？

于是为了记住黄河、记住中原的故乡和荣耀，年年要歌颂祖辈的功德，常常要讲述先人的故事。据历史记载，当年南迁的汉人中许多都是身份显贵的衣冠世家，所以有衣冠南迁的说法，这是客家文化形成与发展的一个重要因素，也是窥探客家文化的一个极其重要的窗口。自唐至清，大规模的迁徙不断出现。一路行走，一路望，万水千山遮望眼；处处欲停处处难，闽粤地偏把身留。这一停留，竟已是首次南迁七百年后的宋朝；这一停留，在闽粤赣相交的寂寂群山间忽然响起了喧闹的人声；这一停留，山谷绿野上冒出了幢幢身形奇特的土夯楼宇；这一停留，南迁的汉人有了投奔的归宿；这一停留，一个叫"客家"的民系从此显露山水。

客家的形成源于战乱和苦难，客家人的被迫遭遇都在那些方方圆圆的土楼上做了说明。筑屋为寨，抵御兽匪，抱团聚居，保族守脉，耕读山林，志在千里，客家人的行为和刻意坚守的文化，处处显示出这个族群的"客居意识"。"一本所生，亲疏无多，何须待分你我；共楼居住，出入相见，最易结重人伦。"

永定承启楼前的楹联，日日告诫后辈子孙要重视宗族之亲，和睦相处，人伦为重，同时也透露出共楼居住相处的不易和管理的繁难。"翰林显甲第，英伦造世家。"下洋中川翰英楼的这副楹联，彰显先祖的功德荣耀，祈佑祖泽绵长。"日读古人书志在希贤希圣，应付天下事心存爱国爱民。"湖坑日应楼的这副楹联则明白地表露了客家人拥居土楼山林的不甘，反映了中原士子无法忘怀的入世报国的经天雄心。

  客家人的心怀相比于其他汉人，是要开阔得多的，对于农耕环境里生活的汉人，安土重迁成为一种刻骨铭心的观念，影响着人们的行为，但客家人千年迁徙的经历，使他们不再被田园所缚，在客家的文化意识里，"走出"已经成为一种常态、甚至是一种生活的方式，一种文化的基因，无论被动、主动，都是可以应对和接受的。早期的客家人迁徙时，已敢于突破旧俗，将祖宗的遗骨装入瓮中带走，到新的客居地再择地造墓掩埋，甚至以"九葬九迁，十葬万年"的偈语表达不惧改变的淡然和勇气。客家，从来就不是一个平凡的族群，土楼也不是客家人心甘情愿的永久家园，一旦灾难又至，一旦机会到来，率先走出"舒适区"的仍然是客家人。实际上，当客家的土楼围屋已经依山成群，客家的人民已经落地生息时，一支新的迁徙队伍又出发了，下南洋，客家人又成了新迁徙的主体人群。迎风漂泊，艰辛开拓，多有发达，以至客家人群遍布全球，客家乡音响彻世界。

由此看来，聚族而居、守望相助，封闭隔离、自食其力，**自我珍视**、家传祖训，只是依据土楼特定生活环境而产生的客家文化，并不是客家文化的全部和本质；守望与眺望并存才是客家文化的特征，改变和进取才是客家文化的本质。因此，无论是客家文化内在的动力，还是外部环境所致的外在动力，都将最终引导土楼走向沉寂，让土楼以一种精神寄托和文化记忆的形象，默然静立在山谷绿野之中，在地球上任一角落的客家人心里竖立一个遥念的坐标，知道自己从何处而来，又将向何处而去，不至于像断线的风筝，飘荡无着，心无归依。

写到这里，土楼迎接新年的画面又跳入我的眼帘，但那已分明是土楼遥远的影像，灯火一盏盏熄灭，清瘦的长者隐没于中厅的墙后，叩拜的子孙消失在土楼的空场，拜年的队伍化入山谷丛林，只剩下门前石阶上静坐的阿婆，只见到楼前田地里劳作的阿伯，还有三两放学归来的孩童。再没有往日的拥挤，再没有往日的喧闹。偶尔楼前的场坪出现长长的酒席，欢声笑语如群鸟飞起，偶尔又彩袖红旗翻舞，锣鼓胡琴齐响，但随即又回归更长久的安静。土楼的现在，不是一首悲歌，土楼的寂静，不是一种孤独，她的子孙已遵循了祖训，飞出了山林，飞到了更宽阔的天地里，在天南，在地北，在世界每一个有阳光的地方；他们可能也在迁徙，只是不因为灾祸，不出于被迫，只是不再由族长带领，也没有同族的队伍，他们还记得土楼、还知道客家与中原，但可能只会说当地的话语。他们的心里都有回到土楼寻根的冲动，但已不会将生活交给那温馨却封闭的土筑楼宇——他们是客家人，他们已去到多民族相处与多文化融合的广阔天地里。

绿　洲

　　戈壁、衰草、尘烟、黄沙，这是大西北在我脑海里的形象，但身处其中我却陷于陌生和恍惚了。

　　千里驾驶，我们驶入了"天下第一雄关"所在的嘉峪关市。下高速便有林荫夹道相迎，右转又有成片的绿树相拥——这是住地所在的停车场，同时也是公园的广场，地面是红色的塑胶铺就的，绿柳排列其上，既做了绿荫，又做了车位的线框，驻车之时，上下前后左右便在绿柳的护卫和规整之下了。以树为线，树木便像迎宾的巨阵，但柳枝婀娜，红绿呼应，又给人以热情与温和——"这城市不一般……"下车搬行李时我心里嘀咕了一句。

　　我们的住处就在这公园里，两栋木屋沿湖而立，细沙连接着湖水和门前的木道，是个闲居的好地方。

　　这里怎是"春风不度"之地？忍不住想去探个究竟，于是在夕阳将没的时候，我独自走进了凉风习习的夜色里。

　　这个地方叫南湖生态文化公园，让人吃惊的是它的湖域面积和似乎无尽的幽静步道。我信步于林间曲径，步道很洁净，伴着湖水弯曲显隐。水似无边，路似无尽，走到让我要原路返回了。这样大的公园，我还是第一次感受到，荒漠干燥之地哪来这湾望不到边际的碧水？厚厚砂石戈壁哪来这片郁郁遮目之绿？

曲径通幽之中，我来到了一条河边，但这是一条"打扮过"的河，河中间横亘着巨大膨出的塑料拦截物，水从上面缓缓流过，显然是净水和蓄水设施。河水的几段，齐齐地长着绿色葱茏的芦苇，颔首在波光里摆动，这哪里还是戈壁滩上的河流，让人联想到江南的水乡了！

意外的还在后头。前方有彩虹和音乐吸引，便不由而往。彩虹是拱桥彩灯的效果，加上河水的倒影，拱桥便成了色彩斑斓的圆弧，最吸引人的是那河水，即便是夜里，也能感觉到水的清澈和丰盈，后来知道，这就是那条穿城而过的讨赖河，河水源于祁连山，一路戈壁黄沙灰土，河水怎会如此清澈？嘉峪关人真是智勇双全，敢叫黄水变清泉啊。

这样的情形后来在更西面的敦煌也遇到，一条河被分成双股，窄的如渠，滚滚黄水奔流而去，与抬头即见的浩浩沙山呼应，一条则如湖，无关一般并处于一侧，泾渭分明，澄澈如镜，悠然于城市带状公园之间。真佩服西北人的大气和勇气，竟在宽阔的河面上建起了河心台，使广场舞可以跳到水面上去；更有铺设于水中的曲线般的步道供市民们亲水，人在道上，影映水中，长长短短，已如虚幻，设计者"无视"落水之患，游玩者也"乐不思险"，这在繁荣的东南，简直无法想象。

清波粼粼的河面，宽阔饱满，河心数十米的音乐喷泉摇摇曳曳，起起伏伏，流行的音乐借着岸边巨大的音响弥漫天地，市民和游人或聚焦拍摄，或闲行闲坐，彩虹、喷泉、音乐、绿树、红花、笑语，又让人想到繁华温馨的江南了。

心里装着问题，隔天趁闲聊问店老板，"嘉峪关还有这样大的公园？""这样大的还有三个，这还不是最大的，大小加起来有十多个"，显然他不大满意我怀疑性的询问，同时也为自己是众多美景的拥有者而自豪。

我有这样的经验，当一个地方的百姓主动为自己的生活地做宣传时，这个地方就是真的好了。第二天坐出租进商业区，的哥又主动做了义务宣传员，满脸自豪地介绍着他的城市，直至过了站点，掉头回来，在"抱歉"中道别。

我开始注意起这座建于荒漠戈壁上的城市来。我的目光竟然去草丛里搜寻，在公园绿荫的一侧发现了"旧迹"，显然是还在改造中的原生地面——厚厚的沙砾层，像千层饼一样露出伶牙俐齿，我不禁感叹起嘉峪关人的气概，居然能在戈壁滩上造江南！"客土"，那位的哥的话也在资料中得到了证实，所谓客土就是从别处买土来种树，这是何等的视野和勇气，据记载，在嘉峪关种一棵树要投入四五百元，偌大的城市，达到现在绿树成荫的效果，要投入多少精力和经费？有意思的是，我们熟悉的层层签订的安全责任书,在嘉峪关市却有层层签订种树责任书,全民植树,向荒漠要绿色是他们的日常工作和目标,于是"生态宜居、湖光山色、戈壁明珠"的目标成为现实了。二十余座人工湖,一百一十处公共绿地,迎宾湖旅游园区、东湖生态旅游园区、明珠河公园、讨赖河公园、南湖生态文化公园等七座大型公园,使嘉峪关市城在水中,人在绿中,最后凝结为最珍贵和自豪的"闲适和惬意"。

嘉峪关人的闲适和惬意是自在自然的,二十余万人口拥有几百万人口的城市都不见得拥有的碧水林荫,能不悠哉悠然吗?根本就无须烦躁匆忙,有晚间9点钟还天明的宽裕工余时间,有绿柳成墙的几与公路等宽的人行步道,还有傍水的广场和阔大的公园,完全可以很从容地放心拥有和享用。

嘉峪关市匆匆三日,几个镜头格外留在了我的脑海里:周末的早晨,公园的绿柳下,一家三口撑起了彩色的帐篷,拉开了"闲着"的休假架势;宽阔的人行道上,不时走来牵狗遛弯的行人,数量之多、模样之普通、神态之悠闲,经验中不曾有过;一群由老者带队、年龄参差的男女,穿着统一的运动服装,正在广场跳着律动感很强的舞蹈,从前后背"某某骑行部落"的印字看,应是一群自行车爱好者在完成"既定"的节目。"喜欢就一起跳嘛,没事的,随便的!"一位中年男子很亲和地对我们说道。又是一些普通的市民,又是那种发自内心的愉悦与松弛。

绿　洲

　　河西走廊千里之遥，一路走过，就像一幅徐徐展开的卷轴，荒漠戈壁与郁郁绿洲连缀着呈现，共同宣示着一个鲜明的主题：人与自然的角力和开创。而我对嘉峪关城格外钟情，除了它杰出的生态理想，更在于它的市民所获得的丰厚资源及身心的柔和滋养，而后者正是人们全部付出之最终和最高的价值，因此，那尊立于城外的"天下第一雄关"嘉峪关反倒退居其次了。

幽泉之扰

月牙泉的出生应是悄然而至的,"如月弯弯醉美泉,落于此处未知年"(郑万才《月牙泉》)。敦煌鸣沙山脚下的这湾如月清泉始于何年何时,已无从可考,但无论是河流改道所致的地下渗水,还是特殊地形所致的沙下潜泉,都不可改变她潜滋暗长,悄然现世的出生轨迹。

悄然而生的月牙泉出生就带着安静温和的形貌和胎记,并一生保持不变。月牙泉是静默而在的水,这可以从她的身前和身后得到印证。关于月牙泉的传说著名的有"圣水说"和"爱情说",月牙泉在无水和无沙的"前世",其出生地是敬香拜佛之地,是因为外道术士的无理挑战激怒了雷音寺的住持才有了圣水变泉水的由来,所以,历有"沙井"之名的月牙泉也可以称为"圣泉"或"庙泉",也就是说,月牙泉的"母体"本是香烟缭绕、诵经念佛的清净地,现在泉边复修的建筑也延循了旧时寺庙亭阁的建制。

爱情说更是离不了悠然静美。天干地旱,垦荒父子仰天长叹，得仙女抛送彩带化泉浇灌，天帝激怒罚仙女入凡，王母念女儿凡间遭遇艰难，送一绣花针，嘱咐"需要啥，就在空中画啥"。一日仙女来到荒滩野外，举头见月，便对空画月，画水，随即沙滩上甘泉涌出，形似月牙，取名"月牙泉"。仙女神针所画之月是静悬天际的如钩新月，月儿弯弯照九州，弯弯月儿卧沙洲，明月成双人成对，两相凝看水如钩。

月牙泉天生安静和静美的气质是具有天然的影响力和沟通台阶的，安静之人方可神交，此从诗歌中可以得到鲜明的证明。"七载边关客，年年快此游。天高风扫暑，地僻径通幽。酌酒邀同伴，看花豁远眸。归来聊纪胜，明日是新秋。"（清苏履吉《六月十九日游月牙泉》）写的是月牙泉环境的僻静深幽；"黄沙镶碧月，亘古景观新。灵动一弯水，能清万顷尘。"（肖芳珠《月牙泉》）说的是去除凡尘杂念之清净。

如此看来，安静和清净是拜访月牙泉的名帖，躁动之客是要吃闭门羹的，无他，怕话不投机，恐扰了修炼已久的清静。这一点，作家余秋雨的认识可谓深得此道，《沙原隐泉》一文里说到观赏月牙泉的感悟："茫茫沙漠，涛涛流水，于世无奇。唯有大漠中如此一湾，风沙中如此一静，荒凉中如此一景，高坡后如此一跌，才深得天地之神韵，造化之机巧，让人神醉情驰。以此推衍，人生，世界，历史，莫不如此。给浮嚣以宁静，给躁急以清冽，给高蹈以平实，给粗犷以明丽。唯其如此，人生才见灵动，世界才显精致，历史才有风韵。"

旅思云想

　　带着拜访名泉的名帖，怀着一腔神往的情怀，我们驱车千里，到了月牙泉的近前。入住酒店的门口是一条笔直的大道，大道的尽头是高高在上的沙山，远远看去，有一种沙山欲倾，阻断去路的压迫感和紧张感。古诗里"地僻径通幽"的印象已先被剥除。时值盛暑，又地处名景，酒店前的停车场上已是机声轰鸣，成群的游客正鱼贯登车，共赴名山圣泉，但看那匆忙之势，却似要去完成一件紧急的劳动任务。

　　我的感觉不幸相符了，驱车到了景点的停车场，已找不到停车的空隙，不断地进退曲转，终于将车斜置着安放下来。朝景点的大门走去，竟然先陷进了一条声响嘈杂的商铺通道，终于进了大门，迎面便遇到如林的"黄腿"喺喺压来，原来是完成游览的游客正在归来，脚上穿着的是景点为保护沙山配置的高筒鞋套，人头攒动，如集会散场，加上骄阳烤灼下的红扑扑、汗涔涔面孔，微微的躁乱甚至惶恐在心间浮动起来。

　　泉路弯曲，虽然铺了木质的栈道，但浩大的沙山上下，队队、群群、点点，洒满了游人，像人头密集的海滩，或似浩大的劳动会战工地，眼见以致心烦，等站在了泉边，心绪已难以平复，正要强制专情于那圣泉，耳廓猛地响起炸裂之声："喂！"一张惊恐万状的面孔冲进我的眼帘，原来是一位正给一群旅伴拍照的游客，只见他一条长臂直伸着，顶端是一张撑开的手掌，像交警在发出"停止"的指令，身体还保持着拍照的弯弓状。

"我的天……"客气地提醒一声不就可以了嘛,有必要做如此惊天之吼,像是一张绝世之作的天机要被我葬送,或是不小心要将他的旅伴撞到泉水里去?

这一声大吼让我像泄了气的气球,游赏品味的兴致全无。我退出拥挤的泉边,蹩到外面的一条石凳上吸烟和发呆,百无聊赖。也许是专注力的解散,思绪和味觉竟散漫起来,我的鼻子闻到了烤红薯的焦香,以及煮玉米的甜香,我知道,那是不远的饮食店里飘来的。

旅游业只是一种经济业态吗?似乎是的,我只听过"旅游经济"的说法,从来也没有听过将审美与经济并重的说法,至少,旅游组织和机构更多的是考虑"拉动经济、提高收益"的问题,所以除了安全因素,对游客是希望"多多益善"的。于是"月牙泉们"便不能再自作清高,只能放下身段,展开双臂,迎接游人众相来,莫管名帖可相符。其实旅游业同样有审美陶冶和游客培养的责任,不顾旅游产品和项目的特点和风格,一味只求经济效益,到头是很难有持久的经济效益的,因为游客水平的高低将决定和影响旅游产品和项目的高低与生命,眼前这孕育千年的沙山月泉不正是被嘈杂的游客拉扯到一个人群的集会和浩大的劳动场景中,导致原本天人共造的幽美意境荡然无存了吗?

无论是自然景观还是人文景观,沉浸和安静都是必需的审美状态和审美要求,物有动态之美和静态之美,就如"夏花绚烂，秋叶静美"，但任何一种美都与浮躁、嘈杂、拥塞不相匹配，违此，景不再美好，人也不能怡然，何况以新月静卧、沙鸣烘衬立名、立命的月牙泉！

　　幽泉之扰，我心之忧，唯静唯安，方为怡然！

心中的故乡

"不望祁连山上雪,错将甘州当江南",自古有"金张掖"美称的河西重镇张掖是七彩祥云的画板,大自然的使者在这块丰饶的土地上研磨运笔,画就了丹霞彩画,如此神迹,自是要亲临一睹为快的。于是,我们的河西旅行计划嵌入了"张掖——丹霞"。

车出市区,一路西行,窗外的山色由灰黄变为红黄,彩色的纹理也逐渐密集起来,丹霞地质公园已经在附近了。然而,我们却临时改变了行程,为了更好地观赏七彩丹霞,我们决定等候游客减少、夕阳西照时再前往。

于是,导航引导我们向一个新的目标驶去——"康乐草原"。心里刚要想象高山草原的画面,一种诱人的气息便导引我们将车子停在了路边。这是一种透彻心脾的山水气息,在彩色的崖壁之间,在透明的流水之间。我们已不忍上车了,这透明的流水一定是祁连山的冰雪化成的吧?那奇异的山崖也必定是七彩丹霞的同族或同体吧?前面的康乐草原又将会有怎样的精彩呢?

汽车继续行驶，不久便看到了"民族风情走廊"的标识，这才发现，我们已行驶在一条狭长的山谷里，山路弯曲，山谷连绵，流水一路相伴，忽然，"康乐草原"四个大字跳入眼帘，我们兴致勃勃地走向设在路边的旅游接待中心，然而，却是门厅冷清。一位服务人员告知，"草原整修暂停接待"，满心的期待落到了谷底，或许是不忍见到我们失意，她真诚地说道："来都来了，建议你们去看看裕固族县城，全国唯一的裕固族县，还是有些可看的。""裕固族"，一个新的名字进入我们的意识，一个神奇的民族、一个知之甚少的民族！好奇覆盖了失落，我们高兴地采纳了服务人员的建议，驱车向山谷深处继续驶去。

后来才知道，我们驶向县城的这条山路是通向县城的唯一道路，一路相伴的流水叫隆昌河，直通县城，并穿城而过，是裕固族人的母亲河，河里有珍稀的祁连墨玉，是夜光杯的制作材料。从卫星地图和航拍影像得知，县城建在一个狭长的山谷之中，四面被高耸的山峰和低缓的山梁包围，近处的山梁表面露出鲜红的丹霞之色，并与浅灰、浅黄、深绿相间，共同与远处天际的祁连雪峰呼应，与各色的建筑一道，构成了一个彩色的山谷、彩色的山城。山城的形状像是一个不规则的葫芦，进出城的道路则像葫芦的藤蒂。为什么会在这样偏狭的地方建城？是为据险防卫？是为逐水而居？是为"环若列屏，林泉清碧"，适合建寺庙？是为彩色山谷吸引？或者，就是裕固族的先民驱赶羊群到此，借山势躲避风雪，精疲力竭，便永久地安顿下来？都不得而知，但可以肯定的是，这个山谷里，蕴藏着无尽的甘苦和神奇的故事。

左右山崖相夹，汽车如同在陡窄的水渠里滑行，但山气清新，环境幽静，心旷神怡。大致行驶了三十分钟左右，眼前不觉间开阔，一路跟随的山崖也忽地退去，一座高大的翘檐彩色山门横在路中间，张开欢迎的臂膀。肃南裕固族自治县到了。

我的心跳显然密集了些，因为将要与一个神奇的民族相见。接下来如何举动？毕竟是计划外的行程，有些不知所措了——去博物馆吧，这是了解一个地方最高效的方法。

跟着导航，我们在一个圆形的建筑前驻车。这就是县博物馆，全称是"中国裕固族博物馆"，大气而自信，建筑很有特色，外形是毡房和毡帽的结合。展馆是免费的，进入大厅，墙壁悬挂着一面展板，介绍裕固族曲折起伏的历史，寥寥数行即已令人怦然心动，可惜不巧，到了午间休馆时间，不得已只能匆匆看过。走出大门，怀着一种不甘的心绪四处张望起来，不想又有新的发现，原来博物馆的所在是一个裕固文化的集中展示区，除了民族历史博物馆，还建有"歌舞传承中心""非物质文化传承中心""裕固特色村寨"等，一路之隔的山梁下，还建有金碧辉煌、规模宏大的藏传佛教寺庙"红湾寺"。在区域如此狭小，人口如此稀少的山城，竟然这般不惜投入，凸显"传承"的追求，可见这个民族对自我历史和自我存在是多么的珍视和重视。

由于心里始终挂念着七彩丹霞地质公园的"夕阳彩画"，

加之功课准备不足，对裕固族的实地了解只是匆忙间的"到此一游"。逗留期间，自然地想与裕固族人接触，外貌上似乎也看不出特别，中午在一家叫"裕固礼宴中心"的饭店用餐，还想临别再挖掘些裕固族的东西，点菜的女服务员面宽额高，肤色红嫩，竟有些像蒙古族人，裕固族人的外形特征是什么，毫无答案，现在知道这是自己"无知"的表现。

裕固县城匆匆一游，好奇之心在此后的日子里如雾在眼，如块在心，不禁开始将目光伸向过往的漠北、西域大地，探寻心里的神奇。

这个叫裕固的民族人口不到两万人，且集中居住在甘肃酒泉、张掖一带有限的区域，所谓裕固族自治县，其实裕固族只占人口的20%多，但这是一块神奇的祁连墨玉，藏着云水翻腾、山高草阔的历史纹理。纹理在云雾中显现，似断似续，似有似无，但跋涉迁徙的长队清晰在目。

千年迁徙，千年离散，千年融合，千年弥失，千年抗争，千年进取，这是一个怎样多折的民族，这是一个多么令人悲悯和感佩的民族，这是一条如何难以辨识的历史路径？

岂止是我，连裕固人的后代也不清楚故乡在哪里，他们祖祖辈辈在歌谣里唱着，"听老人说唱才知道，西至哈至是裕固人祖先的故乡"，但"西至哈至"在哪里，至今也没人说得清楚。

但他们清楚艰辛，明白抗争，钟情草原，执着坚守和传承。

听听他们在歌谣里的悠远吟唱吧:"许多年前那里灾害降临……河道干涸,草原荒芜……我们信佛教的祖先,抵御异教徒的侵略,人人挺起胸膛……男女老少宁死不屈,趁天黑突围,奔向太阳升起的地方……沿着山梁走上那高高的祁连山,……草绿花香的八字墩草原,变成了可爱的家乡。"

对一个民族神奇过往的探寻,令我精疲力竭,更感慨万千。我思绪翻动,想到了许多,我想到了那个在中东叫犹太的民族,千年迁徙的经历和路线都那样的相像,这里面是否藏着什么历史演进的命数?我想到了那个彩色山谷里的县城,还有那个无福目睹的草原,似乎看到了站在山梁上喜极而泣的裕固族先民;我想到了那些民族文化的建筑群,体会到了裕固族人深远的民族情怀……我又想到了那个叫"西至哈至"的地方,虽然没有自己的民族文字,却有自己传唱的民族歌谣,为什么故乡一直不明?是颠沛迁徙无力顾及?是歌者离世,中断传唱?还是四处寄居,家园多变?裕固族的一句谚语让我的疑虑顿时释然,"当我忘记了故乡的时候,故乡的语言我不会忘;当我忘记了故乡语言的时候,故乡的歌曲我不会忘。"是啊,只要唱着歌谣,故乡就牢牢地驻扎在心里,对于裕固族人,故乡是一种历史的情怀,是一个民族的传承,也是一个美好的向往,她永远在一个神秘的地方呼喊召唤!

故乡在心里,对我们每个人而言不都是如此吗?

荒城长空

车出张掖，上连霍高速西行，继续这次的河西走廊之旅。

我们已到了河西走廊的中部，沿途西域景观特色愈加明显，南侧祁连山脉如游龙相随，山腰向下拖出大片的草坡，与青灰色的山体呼应，像浩大的绿色裙摆；北侧草坡、田畴、戈壁相间，断续显现的土堆和残垣画出无尽的高低线条。"汉长城遗址"，一土堆侧的立碑提示我们正走在长城故道上，历史的烟云瞬间在脑海里翻滚起来。我们决定到骆驼城遗址去看看。

骆驼城在现在的高台县内，始建于汉代，古建康郡和北凉国的故都，距今已有近两千年的历史，是高规格的历史古迹。戈壁滩上的骆驼城原是繁盛兴旺之地，"榆木山前古建康，南郭风景绘屯庄。两行高柳沙汀暗，一派平湖水稻香。紫燕衔泥穿曲巷，白鸥冲雨过横塘"。这是明代诗人沈青崖过高台时留下的诗句，反映了当年骆驼城的风貌，有着塞外江南的风韵。从高台境内发掘出土的壁画彩砖，形象表现了农耕、牧猎、树下抚琴、庖厨切肉、饮食生活等生活场景，可以想见当时人丁、百业的兴旺。两千年沧桑变幻，虽已看不到记载里的完整景况，但途径骆驼城镇和骆驼城村时，从路边院舍的绿植，以及榆柳、水田的茂盛里，还可以看到"两行高柳沙汀暗，一派平湖水稻香"的影子。

骆驼城的出生就预示了它命运的多舛和不凡。180年，东汉灵帝时，发生了一场里氏7级的大地震，官衙、民居倒塌尽毁，不得已另址重建，即后来的骆驼城。后被前凉所占，为便于西征兵马调运，升格为建康郡，接着又成为前秦的领地。至397年，郡守段业举旗造反，自立"凉王"，建康郡成为北凉的都城，几年后又被西凉占据，成为西、北二凉征战拉锯的主战场，经三百余年动荡，至766年被吐蕃军攻破，终逐渐废弃，悲情谢幕。真是刀枪剑戟硝烟起，城头变幻大王旗。一个辉煌五百年，萧条屹立千余年的汉唐古城，一个几乎见证了整个中华文明历程的历史名城，该有多少的世事悲欢和人生启迪。

顺着导航的指引，经过一段绿意盎然的农田，一块黑色石碑出现在绿树夹道的道路尽头。骆驼城遗址的城垣已进入视野。景区铺设的水泥车道，至此戛然而止，前面是黄色的土地和黄色的残墙，我像站在古今的交汇处观望时空的过往。高厚的城墙历经千余年风雨冲刷，棱角已被完全剥蚀，粗粝的墙壁像苍老的皮肤，干涩龟裂。墙脚形成宽而长的斜坡，应是坍塌的土块流散所致；城墙由北向南伸展横亘，显出骆驼城浩大的规模。墙外的阔地或许是当年大将吕光驼队的驻歇处吧？一千六百余年前，前秦大将吕光率十万西征大军凯旋东归，两万头骆驼载着虏获的西域珍宝浩浩荡荡而来，曾住在骆驼城。那是怎样一种得意、喜庆的场面。历史在残墙的间隙里复现起来，我迫切地想要进入城中了。

城墙的中段有一个巨大的豁口，像被什么力量生生劈开一样，给人一种莫名的紧张感，我知道，这是骆驼城厚重历史叠加而生的压力。攀上豁口，一片阔大的场地忽地展现于眼前。这是一片长方形、纵横数百米的荒地，荒到无声、荒到苍凉，也荒到使我胸腔紧缩，我似乎感觉到身体的轻微颤抖。我要走到荒地的中间去，我要走到骆驼城历史的跟前去。我目测了一下荒地的中心，便径直地走去。

资料记载，骆驼城遗址留存了大量的汉唐砖瓦、箭镞通宝，现代到此旅游的人可以随地捡到，但我眼前见到的已经是纯粹的荒地，像被洗劫了一样，只有周围断断续续的城墙在提醒着，这里曾经有过人的活动。地上满是雨水冲刷后裸露的砂石，以及稀疏生长着的骆驼草，膨胀的草叶指向天空，像在述说着什么。前方一簇骆驼草边有一黑色的东西，走近才知是今人所用的塑料袋，挂在草丛上，被瑟瑟的西风吹得发抖，更增添了古城的荒凉和凄清。当年的那些枭雄豪杰、文人谋士都去了哪里？千百年里轮番舞动的刀光剑影为什么消失得没有丝毫的痕迹？还有宴庆的钟鼓、来往的商客，都如影子一般在颓垣荒野中顷刻间遁形，像散场的舞台，像遭劫的村庄。

我站在古城的中央,像城墙一样僵直,像驼草一样孤立。我极力地要为这荒寂和空旷做些填补,实际是为了自己的内心的无着。我想起了北凉的那个沮渠蒙逊,设计杀掉北凉王段业后接过王印,进攻已被西凉占据的骆驼城,从城里生生掠走三千余户人家,城内外一片硝烟战火、哭喊呵斥;我想到了骁勇凶狠的吐蕃大军在骆驼城与守军的惨烈争夺与厮杀,火光冲天,破城而入,毁城一旦。从此河西重郡、北凉故都走向衰落。此后的七百年,已遭重创的骆驼城又陷入回鹘、突厥、党项等民族的争夺拉扯中,直至荒弃戈壁,直至片甲不留,直至成了牧民的避风地,驼队的圈息场。千年古城最终完成了县城、郡所、国都至骆驼城的变迁——骆驼城,北凉故都的俗称,形象而悲凉的新名!

不觉之中,我的视线再次转向地面,只见几道明显的车辙纵穿旷野,是汽车的轮迹。这当是游客对故都的巡视,趾高气昂,草草而过,从南面城门的豁口驶出,留下弯曲而安静的尾巴……

我独自攀上南面的城垛,在瓮城的高处瞭望古城。我看到了骆驼城更为清晰的全貌。我站在古城的中轴点上,想用脑补的方式给空旷的城池填充上原本的房屋和设施,南北对应的翘角城楼,占据城墙四角的威武角楼,还有纵横如棋格的街道,以及民居、商铺、酒肆等,但我知道这不过是空想。远处的高速公路强化了我的方位意识,骆驼城东西与张掖、酒泉相邻,南越祁连可入青藏，北沿黑河可进蒙古，位居河西丝路中段，难怪自古繁盛且成各方争夺之重地。忽然想起那场在张掖举办的"万国博览会"来。隋炀帝的重臣，博览会的重要筹办者裴矩，可来过骆驼城？从其为筹办盛会、拓通中断百年的丝路贸易所做的举动，以及骆驼城的重要驿站地位看，应该是来过的。广交西域胡商，施令驿站热情接待，免费供应食宿，减免各项税款等，如此纷繁的举措岂能忽略骆驼城的作用？万国博览，万商云集，盛况空前，武威、张掖十几万士女夹道欢迎，"衣服车马不鲜者郡县皆督课之，乘骑填咽，周亘数十里，迎接炀帝"，以此记载可知，博览会期间，作为建康郡的骆驼城一定也是张灯结彩、举城助会的。但是谁能设想，百余年后，一夜之间，所有辉煌和繁盛毁于吐蕃一战，留下眼前的残垣断壁，凄寥空城。"眼看他起朱楼，眼看他宴宾客，眼看他楼塌了……把五十年兴亡看饱。"孔尚任如果能穿越，见此情景，也会发出无奈之叹的。

此后西行的数日，骆驼城的残垣荒野，以及历史的风云变幻总在我心头浮起，以至西行之旅结束许久，都念及此遇，并感慨不断。对于普通的游人，藏有丰富人文历史的古迹可以帮助突破个体的物理局限，开阔视野和步履的时空，上下千年，纵横万里，思接千载，实现穿越的自由，这无疑是提升了个体生命的质量。所以，在遗址和遗迹两种说法之间，我更喜欢"遗迹"，留痕不多，又有迹可寻，在历史的残留中挖掘、品味、思考和感悟，无疑是幸福的，而"遗址"则抽象，少了寻想的空间。

在历史的遗迹面前，生命意识被放置在了巨大的空间中，设想一下站在骆驼城荒野之中的自己吧，面对千年古城，面对辉煌与衰落的瞬间转换，在历史的天空之下，在时间的长河之中，个体的生命是多么的微乎其微，何况多数的人们都达不到英雄或枭雄的能量，连他们尚且都化作远去的尘烟，我等平民就更应宽和待人，珍惜生命了。

阳关寻

千年以前的一个清晨,在咸阳城的一间客栈里,两位友人把盏话别,互述别情。不曾想记录这次话别的诗作成就了一个民族的集体记忆,创造了一个特殊的情感符号——"阳关情"。这就是唐代诗人王维的《送元二使安西》,其中的"劝君更尽一杯酒,西出阳关无故人"两句便是诗作巨大力量产生的核心。自此,"阳关"便牵动无数中华人心,说阳关,唱阳关,也想见阳关。

到阳关,首先是想要见证"西出阳关无故人"的实景,所以,凡是后人的仿建都要尽快地忽略。我在确定自己已经"出关",背对身后的仿制门楼时,才调集了全部的情绪放目找寻。阳关以它仅存的烽燧迎接了我,在黄沙旷野里,在墩墩山顶上,在流云苍穹下,残破、悲壮、孤寂。让人想象这里刚刚结束了一场金戈铁马、血光四射的激战,留下遍野横尸和残烟烽燧。烽燧还在,横尸却没入黄沙戈壁,但城下一块硕石的刻字生动地透出了千年生命的信息:"葡萄美酒夜光杯,欲饮琵琶马上催。

醉卧沙场君莫笑,古来征战几人回。"阳关以外,在当时已是远离故土的数千里之地和战马嘶鸣的冲杀战场,何止是自此故人消,连生命都可能交付于茫茫戈壁,浩浩黄沙,再无生还之日,鲜活的面孔只能在烽燧前想象。

我独自走上一个寸草不生的高丘,居高而望,想看到更全、更多的阳关。烽燧山下可见一片茫无人烟的戈壁,此即"古董滩"所在,其实是阳关城的旧址,早已被流沙淹没了千余年。戈壁荒野寂静地铺展着,引我向更远的天际和山顶眺望。西出阳关,在千里之外的天山深处,还有几个偏远的军事机构,西域都护府、安西都护府、北庭都护府等,它们是朝廷深入西域的监管前哨,离开阳关,像滑入瀚海的孤舟,更是艰苦危险的境地。千年而来,为稳定边域,巩固中原,在此高原寒荒之地演绎出多少可歌可泣的事迹,孕育过多少掷地有声的诗人。102年,一位七十二岁的老者于洛阳逝世,他就是在西域都护任上坚守了二十九年的班超。镇抚西域各国,恢复西域中原往来,做出过卓越贡献。暮年思乡心切,竟以"不敢望到酒泉郡,但愿生入玉门关"的戚戚之言呈书皇帝求归,未想竟在回到故乡不到一个月即溘然长逝。

茫茫戈壁,巍巍昆仑,守疆戍边的惨烈故事在阳关以外不断上演。760年,吐蕃军不断侵扰安西四镇,唐肃宗派郭昕带兵驰援安西都护府,因战事阻碍,与中原联系竟然断绝了十五年之久,郭昕将士全然不知朝廷换代,皇帝已为新人;后因朝廷不济，无力增援，守城将士只好传代接力，父子爷孙共赴疆场，与吐蕃军战至最后一人，前后将近五十个春秋。一个场景尤其令人泪目和肃然，城破以后，吐蕃军揭开守城将士的铠甲，竟发现与他们多年死战的竟是一群老人和孩子！"祖宗疆土当以死守，不可以尺寸与人"，这个西出阳关的故事，反映的是以死护国的壮烈悲怀和拳拳忠诚。

西出阳关，阳关以外的天地和生活，诗人岑参是见证者。就在郭昕奉援安西都护府的前几年，岑参怀抱建功立业之志赴北庭都护府接任节度判官，与前任饯别在军帐之下，作《白雪歌送武判官归京》诗，描写了西域自然环境的恶劣和戍边生活的艰苦：胡天八月，北风飞雪，白草尽折；寒气侵骨，角弓不控，铁甲难着。一片"愁云惨淡万里凝"。岑参曾两度出关塞外，最知这里的艰辛，所以诗歌里弥漫着惨淡愁云和惜别思乡之情。"轮台东门送君去，去时雪满天山路。山回路转不见君，雪上空留马行处。"岑参即便新官上任、又心怀建功壮志，在如此塞外苦境也不免愁自衷来，也因为塞外生活的深刻体验，诞生了一位著名的边塞诗人。阳关是一个地标，没有这个地标，就没有中原和西域，疆内和疆外的界限，从这个意义上说，岑参可以看作是阳关给诗坛和后人的一个馈赠。

何止是岑参，有太多的诗人受阳关之赐，在为人们送去情感寄托的同时，自身也名声远播。如"阳关万里道，不见一人归。惟有河边雁,秋来南向飞"。南北朝诗人庾信的诗句让人们想起心中的不归人。"一曲阳关,断肠声尽,独自凭兰桡。"南宋诗人柳永的诗句让人们顿生无尽国恨离愁;"济南春好雪初晴。才到龙山马足轻。使君莫忘雪溪女,还作阳关肠断声。"北宋诗人苏轼的诗句则让人在离愁之外,想到更多的伤感悲怀等,太多太多。阳关早已不单是一个砖筑土夯的关隘,而成为一种复杂情怀的寄托了。

居阳关之高,找寻与阳关有关的事迹和情怀,绵绵不绝,最为密切的是在不远处紧紧呼应的玉门关。玉门关和阳关是西域边关的双子关,一北一南,形成相夹之势,既为防卫边境侵扰,同时也为丝路使节、商旅往来开路。因此,西出玉门关与西出阳关具有同样的意义和意味。

与"西出阳关无故人"同名的诗句是王之涣的"黄河远上白云间,一片孤城万仞山,羌笛何须怨杨柳,春风不度玉门关"。溯河远望,孤城崇山,羌笛响哀怨,然而羌笛何须怨,春度本无望,塞外瀚海里,安然了此生,与"醉卧沙场君莫笑,古来征战几人回"的王翰类似,抒发的是面对无法改变境况的达观、无奈和放下。春风不是春风,玉门关也不是玉门关,就如同阳关也不是阳关。

玉门关与阳关另一个相同的地方是它现在的姿容,同样的残破,同样的悲壮,也同样的孤寂。立在戈壁滩上,也被围栏圈着,但圈不住它的千年悲欢、千年悲壮和千年辉煌,仅一句"孤城遥望玉门关"就能烘托出"不破楼兰终不还"的铁血壮怀……

眼前的阳关在晌午的光晕里显得模糊和飘摇,我知道,它只是阳关的残迹,留下来要完成提醒后人的遗训。其实,阳关早就已经消失,但消失的只是它的躯壳,生动的灵魂已深刻在光阴的石碑和生者的心田上;阳关已经在诗歌千百年的化育里,升华为了民族文化的一种记忆,并成为人们寄托离愁别恨、自宽豁达和报国壮怀的特殊情感符号,如滔滔黄河奔流不息,恒久而绵长。

厚重的印章

厚重的印章

  自敦煌乘火车沿河西走廊东行，经酒泉、张掖、武威、兰州、咸阳，到达西安城，近两千公里的路程缓缓而行，颇有仪式感。
  我们从永宁门登上西安城，作为西安之行的回望。登城前西安是现代的车水马龙，登城后西安则是脚下的千年皇城，历史的印章——这是一枚巨大的砖土方印，像从远古的天空按下，将西安城方方正正、严严实实地包围起来。因土而城，城墙是界线，将城里和城外分隔开来，城墙是护卫，将城外的威胁阻挡在外。眼前的城墙是明代所建，但历史却可以追溯到六千年前的氏族村落。历史已然远去，脚印却留在了原地。永宁门的东北，直线距离十公里左右的地方，是西安先民半坡人的村落，六千年土层之下，半坡先民用绕村而设的壕沟给后人做了筑墙围城、保境安民的提示。三千年以往，周王朝在西安城西南沣河岸边筑墙为城，建丰、镐二都。接着秦人从甘肃下关中，在西安城西北建咸阳城，继而又在西安城东西两面建阿房宫和咸阳宫，无不筑墙以围。至汉高祖入关破秦，又在秦咸阳城东南建都长安，至此，西安城在关中平原、渭河岸边终于露出了眉目，带出了后来的隋唐长安和明清西安。六千年以来，西安城的悠长演变史就是生生不息的筑城史。现在的城墙围起的城区虽然只是唐代长安城的七分之一，但牵着遥遥千年，连着煌煌汉唐，城里城外，屋宇如山，护城河边，树绿人闲，西安城墙的护卫资历老且弥坚。

城墙既是护卫之地，便免不了攻防杀伐，战火硝烟。在古代，城墙就是防御体系，角楼、敌台、城垛，无不是军事防御的设施，如今成了游人拍照的背景，只是城墙退出军事职能后的"余热"。但杀伐和硝烟已然渗透到了城墙的砖缝里，像在幕后灯光里舞动的皮影，靠近它便能感觉到西安城历史的气息和声响。"待到秋来九月八，我花开后百花杀。冲天香阵透长安，满城尽带黄金甲。"880年，西安城外喊杀震天，山东人黄巢率义军兵临城下，唐僖宗仓皇逃难四川，义军两进两出，建立大齐政权，与唐军在西安城互为攻防，最后败在唐军刀下。护城河中，瓮城之内，多少箭石齐下，尸横叠累。城墙，保平安却要见证杀伐，承撞击是为换来安宁——城是战火，城也是焰火。

脚下的城墙已是明代的城墙，它是西安城墙发展的顶峰，黄土夯筑的城墙已为重达几十斤一块的灰砖包砌，厚度达到十二米，可四车并驱，走在城上，如同在宽街上漫步，且城池、吊桥、箭楼等设施一应俱全。但再坚固的城墙仍然有可能挡不住敌人的进攻。1643年,闯王李自成率大军破潼关,攻西安,势如破竹,明王朝子孙经营了两百多年的西安城墙在义军面前不堪一击,据说秦王朱存枢被李自成生擒,又传说秦王见大事不妙,便抱着两岁的儿子哀戚出城,隐姓没入百姓之中。不知哪个说法是真哪个是假,但于今天的人们,西安城又多了故事,古城墙又添了说道和谈资,这也是古城给今天的另一种馈赠吧。

都城、府城、县城,遍布中国南北大地的城墙曲曲折折,残缺齐整,古往今来,一直都是一曲不曾停歇的无声交响。西安城墙亦是如此,其旋律时而高亢激昂时而低沉哀婉。除攻防外,城墙展示的还是墙里的市井生活,悲欢两在,是城里生活的真貌。古时的西安市井可以通过诗人的描述去想象,"百千家似围棋局,十二街如种菜畦",唐代西安城的建设向我们形象地解释了"格局"的初始含义。屋舍街巷,官衙肆坊被像棋格一样有序地分隔在不同的区域,生活的精彩和悲欢便在这棋局一样的城市里纷纷上演。

"五陵年少金市东,银鞍白马度春风。落花踏尽游何处,笑入胡姬酒肆中",这是李白笔下的富家少年春风得意,逛市欢酒的场景,也反映了盛唐时期西安城丝路畅通,商贸繁荣的景象。但繁荣的同时也上演着贫弱和悲苦。令我产生意外之惊的是,西安城墙上的这一次游历,竟将我五十年前上中学时读过的一首唐诗与西安城联系了起来。"牛困人饥日已高，市南门外泥中歇"，白居易笔下《卖炭翁》里那位卖炭老人歇息的"市南门"，是我眼下的朱雀门或永宁门附近吗？唐代西安城以格局布城，皇城外左右分设东西两市，专供集市买卖，永宁门和朱雀门恰恰是唐代皇城的南门。如此想来，眼前古城墙的时空一下子变得深远和生动起来。这位饥寒交迫、泥中喘歇的老人，忽见两匹翩翩而至的高头大马，原来是负责给皇宫采购的宦官和随从，只见其中一位手捧文书念念有词，以朝廷之命连牛带车将老人待售的千斤火炭拉向宫门，不管老人如何哀求"惜不得"，仅以一些不值钱的绫纱充数，留下蹒跚跟随的老人背影。

西安城墙下和城墙里的故事有数千年的长度，在这样厚重的城墙上下和内外行走，有心者都会变成有故事的人，古城将今人和古人连接起来，历史便成为一条不间断的胶片，使后人俯仰之间就可以看到自己的来路，给往后的生活提供丰富的信息和思考。如永宁门外的大街仍然沿用了唐朝朱雀大街的名称，只是门内已经没有了那条纵贯南北的朱雀大街，仅在永宁门的西侧保留了朱雀门的门洞。但历史的胶片会告诉我们，一千三百多年前，朱雀大街是唐代长安城的南北向主干线，宽约150米，长5020米，从皇城笔直贯穿到城外的终南山，是皇帝出城祭天所走的道路，想想那道路的恢宏浩大，你便会明白为什么朱雀大街又叫作"天街"了。我们在生活里常听到"大唐"的说法，仅据此项即可感知和明白，所谓"大唐"，不仅说的是实力，更指的是气魄。这种大唐的气魄在今天的西安依然体现着：恢宏的仿古街坊，现代化的购物商场里从天而降的巨大水幕，这在文明发展较迟、地理位置较偏的小城是不可能出现的。

唐朝的气魄还表现在许多方面：畅通丝路，广纳胡商，厚待东瀛遣唐使，拥迎万国来朝，大气而不局气。此等气魄一方面与国家实力相关，一方面也表现了统治者包容吸纳的价值观念。一代明君唐太宗不仅能同时接受儒释道三教，还能为玄奘西天取经的佛教论著作序。玄奘西天取经归来，太宗以隆重礼节在朱雀门前相迎，"朱雀门外二十多里的道路上，围满了欢迎的百姓。据说，法师把带回来的佛经、佛像陈列在朱雀街南端，请大家参观。争观的百姓人山人海，从朱雀门到玄奘所住的弘福寺，排成了几十里长的队伍，焚香散花，鼓乐喧天"。如此厚待，不管是否有统治上的功利用心，至少在文化开放上也值得肯定。开放、包容，古城还是文明之地。

西安城墙的防御功能随着近代火器的出现，至清末已经完成了它的初始使命，但其作为历史见证者和讲述者的价值却随着时间的延长而日益增长。除此以外，古城墙还是一种家园依靠的物质载体和心理记忆，对生活在城墙近旁的人们来说，城墙具有围拢、安全、厚重等心理暗示功能。所谓背靠大树好乘凉，背靠城墙则会有一种抚慰的作用，这一点从护城河边活动的居民神情里便可感受到。但城墙的抚慰是有条件的，城墙可以古旧、可以沧桑，但绝对不能肮脏和破败，靠山面露败象，自然无法依靠。显然，西安的管理者是懂得这个道理的，所以我们看到的千年古城墙整洁而威严，成为西安乃至世界的一道风景。

　　从洞开的城门出来，经过安稳的吊桥，来到宽阔的南门广场，眼前仍然是现代的车水马龙，回首仰望那巍峨耸立的千年城墙，似见一枚厚重的印章，从遥远的天空按下……

新加坡，我的一位陌生的亲戚

新加坡，我知道你生活在南面的
一个海岛花园里。
我乘坐着飞机去看望你。
在白云和蓝天的穿梭中，
我酝酿着纷繁的希冀。

我在樟宜机场初见了你，
你长长的甬道步履匆匆，
你芳香的大厅灯光如霓。

你在入境的验证处接待了我，
你黄白和棕黑的面孔
让我顿感新奇，
你专注而沉静的眼睛
令我默默前行。

旅思云想

我在疾驰的出租车里
望见了你，
你蔚蓝的天空白云似棉，
你曲转的道路绿树成屏，
你呼出的空气温热如饴。

我在酒店的前台遇见了你，
你们左右侍立，
肤色黑白分明，
微笑着朝我款款相迎，
向我熟习地说出
我不熟悉的英语。

我在乌节路彩色的夜晚靠近了你，
你匆匆从我身旁而过，
携我沉进香水的弥漫里；
我看到你穿着中国的黄色绸服，
起劲地舞动金色的长龙，
穿着相同华装的西洋小伙
与你一道跳跃腾移。

我在你的新加坡河畔找寻着你，
连排的西洋酒吧里晃动着你；
我试着向河口处想象着
盘着发辫的你，
国父莱佛士的雕像傲立在头顶，
回首间，你正带着妻儿，
在雕像旁的阳伞下
悠闲地品尝着咖啡。

我在你的飞禽动物园里
疲惫的等待着你。
一个印度的三口之家也坐在
茅草屋顶的凉亭里，
眼神和姿势远比我沉静。
我转头看到了熟悉的你，
你却戴着牛仔的帽子，
说着我不懂的话语，
在飞鸟的王国里载客缓行。

我决定到你的聚集地
牛车水去看望你，
"华人原貌馆"成了我的首选地。

拾着狭窄的楼梯，

我走进了时光的隧道里：

斑驳的木箱铭刻着离乡的希冀，

如柴的躯体描画着生存的艰辛；

你的"华人乡望图"啊，

像一双双多情的眼睛，

遍布中国的大地！

方正的木牌上，

端刻着罗、赵、蔡、林，

任、伍、曾、李，

告诫着后人，

永远记得祖先的名姓。

俯首间，

你的幼小的后代

正团团围坐在馆中的空地，

中间一位西洋的教师，

轻柔地向他们讲述着祖先的过去。

新加坡，我的一位陌生的亲戚，

我在你的家园

执着地辨识着你的身影，
你总是变换着那么多的陌生，
又展现着那么多的熟悉。

我终于知道，
你已承受了
热带骄阳百千年的烤晒，
你已接受了
东南亚风雨无数次的吹洗，
你的脑海里已印着新与旧的记忆，
你已深受了
外域文化的浸染，
血脉中已同生出新的流径，
思想里已刻画出新的轨迹。

新加坡，我的血脉同缘的亲戚，
我深记你熟悉的身影，
我欣慰你优越的眼睛，
我感佩你多元的融合，
我赞叹你花团锦簇，
绿草如茵，
美如仙境！

相　见

去国外旅游大多是因陌生而去的，因陌生而新奇，因新奇而好奇，从而在好奇的见识里得到乐趣和知识，但我去新加坡却是向着"熟悉"而去的，因为，那是地球上另一个以华人为主体民族的国度。所谓故人乘帆去，绵绵百千年，瀚海波涛之中的他们"现况"如何？青丝已然而去，乡音是否还在？相见会否怦然？

印象里的初见是从酒店的大堂开始的。一位肤色黑亮的高大汉子在门口接待了我们，熟练而有绅士风度地接过我们的行李，不难辨识，这是一位印度人。进入大堂，迎面便有友好的笑脸相迎，意外的是两位柜台的服务人员一左一右，黑白分明，一个像是华人，另一个则肤色棕黑，或许是马来民族？所谓环境，人是最重要和最本质的因素，放眼看去，酒店里来往的行人和静坐者，各色人种都有，我像到了一个"国际"的环境里。

一月的新加坡只与夏季有关。夜晚的街道彩灯迷眼，游人如织，香气扑鼻，我们也兴致勃勃地加入了乌节路商业街的热闹里。行人仍然是各色的人种，但华人的面孔明显要多于其他。正张望着，忽然传来锣鼓的喧声，原来是一支舞龙的队伍，只见龙首带动龙身，高低跳跃，左右腾挪，在密集的人群里开出了一圈空地，引来围观的人们，更增添了夜市的热闹。这是我熟悉的场景和味道，在离家几千里的南海岛国，我看到了华人移民穿越时空的文化传续，不禁心生暖意。但意外和好奇随着锣鼓的骤停出现了，原来藏在龙身之下的舞者竟然还有欧美和棕黑肤色的面孔，这是一个多民族小伙组成的队伍，流着汗水，展着笑颜，亲密地推搡、嬉闹，又转向下一个表演的地点。中国的习俗舞技被不同种族的人们共同传习？我似不解又兴奋。酒店大堂的所见在此以另一种形式复现，让我的思想不禁活跃起来。

终于站在了新加坡城的象征，鱼尾狮塑像下。洁白的狮首鱼身塑像面朝大海，口吐白瀑，昂首踏浪，形象傲然而灵动。鱼尾狮的象征与新加坡的得名相关，传说一位印度的王子出海看到远方的岛屿，登陆之时忽见一黑首白胸的异物跑过，打听知道是狮子，便用"狮子城"给这个无名的渔村小岛命名，新加坡正是梵语的狮城之义。塑像既表新加坡狮城之义，又用鱼身的变异造型表达与渔村的关联，更象征新加坡从默默渔村乘风破浪，走向国际商城的历程。关于塑像的含义，还有另一种解读，认为象征着乘帆踏浪而至的南下华人先辈对新加坡的贡献。贡献没有问题，新加坡的过去和现在就是一部华人的奋斗史和开拓史，但至少在百余年的历史中，下南洋的华人是无法与昂扬的乘风踏浪扯上关系的，衣衫褴褛，面黄肌瘦，被称作"猪仔"的华工蜷缩在阴暗的浮动地狱里漂洋过海，才是真实的南下情形。好在先辈的苦难已经化作碧海蓝天、锦绣狮城和欢腾跳跃的翩翩少年了。

鱼尾狮塑像立在新加坡河的出海口，溯河而行，即走入新加坡历史的时空隧道。行走在清澈热闹的新加坡河边，昔日杂乱的货运河道已经成为高楼、商铺的镜子，水上游船缓缓，岸上游人悠悠，是经济的繁荣带和旅游休闲的中心轴。沿河的景点繁多，古迹的加入增加了历史的厚重和魅力，给了游览更多的兴味，但与其他的国度不同，这里的古迹大都带着鲜明的殖民色彩，又与华人的先辈相联系，便另有了一番艰涩的滋味。

一尊白色的塑像站立在河边，这就是尊为"国父"的莱佛士爵士，新加坡开埠的英国殖民代表，新加坡的首任统治者。他已离世近两百年，却仍以石像之身傲立于他当年登陆的河边，俯视着新加坡的日出日落，船来人往。而在雕像的脚下，一个三口之家正坐在阳伞下悠闲地喝着咖啡。一边是"殖民的国父"高高在上，一边是安详悠闲的华人国民，这样的画面是反差还是和谐？或者仅仅是普通的生活场景，再无其他的意义？在新加坡旅游的数日，我始终处在这种有些挣扎的心理中，并也因此增添了旅游的文化意义和富足。

我在挣扎与富足间来回，眼前幻化着历史和现实的双影。

我想到了那个叫圣约翰的小岛。莱佛士在新加坡河边的登陆是本岛的登陆，离本岛五六公里的圣约翰岛才是他的第一登陆点，在此观望，在此确定，从此先是暂租，后是永租，开辟商港，规划城建，建立制度，招募华工，将新加坡纳入英国殖民地一百余年。莱佛士的国父之名因此而来，华工的艰苦也因此而来。而那个圣约翰岛，后来成了下南洋华工的检疫站，凡钱少的乘客，即坐统舱的华人要先到这里检查无疫后才可最后登陆。那是一种悲辱的筛查，无论男女，都要赤身裸体，接受硫黄浴，在硫黄水的刺激下发烧就要被带走。带到哪里？没有看到记载，但知道有女性不堪其辱投海自尽的。不难想象当时的情景，疲惫、瑟缩、呵斥和屈辱。虽然检疫站开设时莱佛士已经调离，但后继的英殖民统治者执行的是相同的思想，视华工为工具和卑贱的种群，视成本和利润为最大的利益。时光真是无情，竟可将殖民和屈辱冲刷漂洗，以至在现在的新加坡，"莱佛士"的印迹时常以荣耀呈现，雕像以外，酒店、学校、书院、机构都有冠名，国父之名不仅嵌入物体、更嵌入人心，且理所当然，不以为奇。英殖民者与新加坡的建立和发展功过是非如何评价，新加坡华人后代的情怀心智如何评价，一定会是一个繁难深刻的学术问题。

鱼尾狮公园、滨海艺术中心、旧国会大厦、皇后坊文物馆、福康宁堡垒、克拉码头、驳船码头、莱佛士坊，以及安德逊桥、文纳桥，等等，沿河而行，景点密集，风光诱人，其中北侧的一段是河岸酒吧街，当年被称为"猪仔场"的克拉码头只剩下标记，周边满是各种肤色的游人和招客的喧语，一派繁华与喜庆。去牛车水看看吧，那里大概有更多的华人面孔和华人因素。

距离新加坡河不远就是牛车水，新加坡的唐人街，因当年南下的华人在此以牛车拉水而得名。牛车水的大门披红挂黄，张灯结彩，一派鲜明的中华特色。街道两侧满是店面和凸出的摊铺，风格与摆设很像中国县城里的街道，不同在商品丰富，游人的肤色也丰富。面对嘈杂和喧闹，不禁想先到"原貌馆"去参观。原貌馆就在进街道大门的不远处，是介绍华人历史的博物馆。红色的窄楼，阴暗的门厅，逼仄的楼道，一下子就将我带入了那段遥远的时光中。肩挑背扛，衣衫褴褛，腰背弯曲，眼神板滞，这才是南洋先辈初至时期的真实状况。一侧墙壁镶着一块黄色的木牌，赵钱孙李林等姓氏的黑字刻在中国地图的背景之上，"华人乡望图"几个大字赫然在上，震撼心房。乘帆向南去，此去何时归，归时寥无期，望眼北向回。瀚海涛涛，回是回不去了，更何况是"自弃祖亲坟茔"，在朝廷眼里已"与盗贼无异"。好在他们的后代已经生活在现代的都市，文明的国度，再无饥贫之苦，再无抛弃之痛。

正沉浸于历史的形象和物件之中，不觉被另一个场景吸引。在展馆二楼狭小的地板上，围坐着一群孩子，都是华人的面孔，圈子的中间一位欧洲的女士也席地而坐，用英语轻声向孩子们说着什么，应是关于展馆的内容。这真是一个新鲜又奇特的场景，一个欧洲的长辈，用非华族的语言，向一群华人的后代介绍华人先辈的历史，而聆听者神情专注，毫无违和之感。自此，数日以来，我的陌生、不解、纠结和挣扎似乎找到了些答案。

"日久他乡是故乡，晨昏须上祖宗香"，百年变迁，数代更迭，客居已久的华人后代已将他乡当作故乡。加上长期殖民统治和政府"强化国家意识"的政策推行，华人的文脉已经加入了外来的血液。如英语已成为国家的官方语言和第一教学语言，华语则退位为第二教学语言，母语退变为外语。语言的变化必然带来记忆、思维和情感的变化。但血脉却不可更改，"晨昏须上祖宗香"，写在南亚华人家谱上的诗句是一种告诫，也是一种传承和坚持。想想看，毕竟寺庙还在，宗祠还在，牌位还在，习俗还在，传播中华文化的坚持者还在，生活在异乡的华人依然是中华的同宗，依然是靠得最近的人。他们在平等、多元的文化环境里工作和生活，自信、快乐、富足而文明，即为幸事矣。

执手束河

"束河的价值不在上午来，下午走。就像对待一个美丽端庄的女子，你隔着纱帘看一眼，赞叹一番是一回事，你同她执手相看，朝夕相处就是另一回事了。如果你不能同她心意相通，她又怎么会告诉你那个珍藏在她心底的千年故事呢？"

上面这段话是一位从束河归来的游客写下的，它告诉了我们如何游览束河，也告诉了我们怎样去旅游。我是去过束河的，也是从来没有将旅游看作难事的，但这位游客的感悟给了我切入心扉的提醒：旅游，是一种心意相通的执手。如此，才可有厚繁的享受与收获。

于是，按照这位游客的提醒，我将尘封数年的记忆唤醒，以执手的诚意在心念里重回束河：

聆听古道响铃

到束河旅游,心里最好装着一些相关的历史,哪怕是零碎的片絮。

感受古道骑行,聆听马帮响铃是必选的项目。于是我坐在了坚实的枣红马背上。马蹄在石板路上发出咔咔的闷响,似乎预示着千里古道的艰难。马队走上青龙桥,意味着艰难跋涉的开始。已经四百年风雨的石筑古桥,桥面的石块已被摩擦得失去了棱角,石面在高原的阳光下闪着倔强的微光,证明着当年的繁忙和繁华。下了青龙桥,马队便拐进一条土屋夹持的窄巷,一条几乎被杂草掩盖的坡路猛地挡在眼前,枣红马的呼吸开始急促起来,随着步伐的突然加快,伴着密集的响铃,马的头部高高扬起,呼的一下,便登到了高处。

骑在马背上,我一面怜惜着马的辛苦,一面又觉着滑稽,因为当年享受马背厚遇的不是人,而是那些承载着川藏边民希望的茶叶、皮货和银器等。骑马有作秀之嫌,古道其实也只是荒废的山路,但当马队齐齐的一排,威风凛凛地伫立在山顶时,黑黝黝的屋顶交错相拥,古镇恢宏的全貌扑入了眼帘,我能看到那呼往迎来的热闹驿站了,我能听到那划破晨昏的马帮响铃了。再向远方看去,翠绿阔大的草甸铺展在高耸的雪山脚下,这时,那条闻名千古的茶马古道就在我眼前曲折呈现了出来:西双版纳—普洱—大理—丽江—香格里拉—德钦—察隅—

邦达—林芝—拉萨—喜马拉雅山口—印度加尔各答……在横断山脉的高山峡谷，在滇、川、藏的丛林草莽之中，绵延盘旋着的这一条神秘的古道，演绎着多少动人的故事？又传播着多少文明的圣歌？

说到茶马古道和束河古驿，自然会想到束河的皮匠。到束河的街里走走，可以看到售卖皮货的店铺，做工上和花式上远比不了现代的皮货，难以撩起游客"抢购"的兴趣，但当你知道束河还有"皮革之乡"的美誉，当你知道束河人将皮匠工艺的祖师爷与观音、龙王并列祭拜的风俗，特别是当你了解束河皮匠"一把锥子闯天下"的六百年传奇历史，以及与民族危亡相关的动人事迹，你眼前的这些并不"时尚、高端"的皮货便有了鲜活的生命和光彩：

由东向西的千里山水之间，一群衣衫褴褛的男人向你走来，他们是南京应天府身怀绝技的皮匠，因为"靴灯事件"得罪了当朝皇帝，被流放边陲云南，求贤若渴的木氏土司朝他们张开了热情的双臂，背风向阳、水草肥美的茶马重镇束河成为他们新的家园，从此，束河皮货伴随马帮响铃和千里古道，享誉天下。

由西向东的八百公里"驼峰航线"下，战机轰鸣，密林深处的茶马古道上，"马锅头"指挥着马帮，将束河生产的皮革制品源源不断送往抗战前线，炮火声和马铃声齐响……

想到这些，你便会向眼前的这些带着异域风情的皮货投去更多的关注；想到这些，你便会在那间"老皮匠店"的招牌前停留更长的时间。同时，你也将在关注和停留中更多地感受到束河的丰厚，而不仅仅是束河的幽静与闲适，到束河旅游也便有了更多的收获。不是吗？

寻觅客栈里的故事

有人说，有星星的地方才是家，束河是一个有星星的地方。我觉得还要加上一句，有故事的地方才是家，束河的故事都藏在一间间客栈里。

束河有成百上千间客栈，风格不一，但都有别致的院子和热情的主人，都像一个温馨的家。到束河旅游，感受客栈的家园温馨，聆听客栈里的故事，是一个远比观览雪域风光更有意义的项目。客栈的主人不是说书人，故事要在亲和的交往中一点一滴的丰富，像缓缓地打开一本厚厚的书；到客栈里来的游客也是故事的传播者，所以听他们讲束河的故事也是一种渠道，但同样要像家人一样亲和。于是你会知道，束河的客栈多是外地人开的，客栈的故事也多是现代人的故事，故事汇集起来，像当年应天府远道而来的那些皮匠一样，给古镇增添了无穷的魅力。

"绿林"客栈。挨着九龙潭边的这间客栈是束河较早的客栈，原来是一个农舍，那时，束河还是一个乡村的模样，一名歌手被这里的清泉和僻静吸引，留了下来。几年前，他遭遇了一场车祸，孤独地在病床上躺了半年后隐遁到这里，客栈取名"绿林"，是要过一种山野村夫般的生活。从此，他在这里招呼入住、喝酒的游客，无事时在后院的露天草坪看高原的星空，口渴时，拿起一个木瓢，在不远处的溪边舀起一瓢清泉。城市的喧闹，舞台的嘶吼归于静流而去的溪水。

这像是一个归隐山林的故事，让我想起几个时髦的词来，如"回归""初心""原乡"等，特别是到束河来旅游的游客，有点油墨水的，多容易发出这样的"感悟"，但这感悟极可能是连自己也不明白的，因为他们实际并不知道自己的初心和原乡在哪里，不如说到此"暂歇"，抚慰劳累的心灵为好。即便是这"绿林"主人，虽已长居僻远束河，也不过是想找一个可以回避和忘却的地方，以疗治心灵的伤痛，他并没有"归隐"，更没有"出世"，不是还要经营他的"绿林"吗？

"清如许"客栈。客栈主人的喜好和追求可以从店名里看出来。主人曾经是一位记者。"心清如许，月明如许，心静亦如许，喧嚣瞬间逝，烦恼亦无踪"，名片上的文字像她的眼睛一样清澈如许。名片里有故事，是一个极好的寻觅机会，可惜不是所有的游客都有这样的意识。她自称是在束河沉淀生活和心灵的女孩，已经记不清有多少天没有走出束河，有多少天没有进城了，她现在和猫一样，享受着这里的阳光和慵懒。

这是一位活泛有灵气的女性，经营客栈是想在喧嚣中开出一块空地，给自己纷乱的心灵以沉淀和奖励，在生活和理想之间搭起一座桥，以便在娴静和喧嚣之间从容来回，以便在适合的时候走向新地。

沉淀和思考，对游客来说，是一种更高级、更有意义的旅游，把旅游等同猎奇和购物的游客或可从中得到教益。

"等你三天"客栈。这是一间看到后忍不住要进去的客栈。在茶马古道博物馆的前面，是一个古典而漂亮的小院，院墙外"等你三天"四个大字分外显眼。主人是一位才华横溢的纳西族女孩。"在人的生命中，没有人不曾等过人，没有人不曾被人等过。我希望，来这里的人，能够静静地坐下来喝一杯茶或是一杯酒，在这里等人，或在这里被人等。"这故事虽是从游客那里听来的，但仍然在我心里掀起了巨大的波澜，束河客栈里竟藏着这样有人生感悟的人物，等人与被人等，等待恋人，等待亲人，等待信任，等待机遇，真有缘分，只在"三天"；扩及一生，也只是昨天、今天、明天。甘苦漫长人生，全在"等待"二字。她为游客营造的已不只是温情的居所，还是透彻人生的课堂了。

这位纳西族女孩也用她"一切随缘"的从容和坦然等来了自己想等的人。她幸福地向一位游客念起了恋人送给她的诗。我愿意将这首诗送给所有在等待的人们，不只是爱情：

旅思云想

我爱你，
不光因为你的样子，
还因为，和你在一起时，
你的样子；

我爱你，
不光因为你为我而做的事，
还因为，为了你我能做成的事；

我爱你，
因为你能唤出
我最真的那部分；

我爱你，
因为你穿越我心灵的旷野，
如同阳光穿透水晶般容易。
我的傻气，我的弱点，
在你的目光里几乎不存在，
而我心里最美丽的地方
却被你的光芒照得通亮。

别人都不曾费心走那么远，

别人都觉得寻找太麻烦，

所以没人发现我的美丽，

所以没人到过这里……

品思于街巷泉流间

  合格的游客与合格的旅游是要带着情怀的，这无论对自己还是景点都是一种爱惜。所以，真会旅游的人最害怕的是跟团，因为你的情怀和情思要么被导游机械的介绍封闭，要么被爱好各一的游伴拆散，像一只随群的鸟儿，没了自我的空间。

  我倒是有独游的习惯和喜好的，虽然只是随群中的溜号，或是结伴时的伫足，享受也多在这美好的溜号与驻足之中。

  像大研古城一样，束河也有一个"四方街"，只是面积较小。从客栈沿着曲转的石板路且走且看，不觉中眼前一下子开阔起来，就到了四方街。天下着小雨，加上时间还早，可能游客们还在客栈里慵懒地睡着，几个穿着纳西服装的男女牵着马匹正与零星的游客谈着骑行的价钱，广场显得空阔和冷清。但在过去，这里是茶马古道的皮毛交易集散地，一定是人头攒动，人声四起的。夜市时，人们像今天的都市人一样自在地漫步，走走停停，看看稀奇，吃着食物。特别是逛夜市的人们，手里举着火把，穿行在青龙河畔，如夏夜流萤，成了一道风景，该是多么迷人。这样想来，眼前空旷冷清的四方街便换了容貌，令人激动起来。

这算是文人的酸腐气，或是现今被调侃的那个"文艺"气吗？说到文人，我想起20世纪80年代的一个文人来，他是所谓叛逆诗人或反思文学的一个，在他的眼里，存放玄奘取经带回的经文和佛像的大雁塔，就是一个砖石建筑，所谓大雁塔，就是"上去，然后下来"，文化在他的眼里就是冷硬的砖石，历史在他心里就是虚无的空气，这样冷血的文人，气味是好闻的吗？文人不可失去了激情和庄重，游客也当如此，在与历史和美景相遇时，或理性，或迟钝，至少是储备不足或目的不清的表现。

被徐霞客赞为"柳暗波萦"的束河，还有清泉之乡的美誉，九鼎龙潭承雪山厚蕴，向束河输送了源源不断的清泉，清流如网，使古镇成为高原的江南水城。说束河缺水是无法相信的，但束河人却万分珍惜她丰盈的泉水。

距离九鼎龙潭不远，有一处梯级排列的水井，叫作"三眼井"，第一眼做饮用水；第二眼做洗菜水；第三眼做洗涤水，一水三用，不争不抢，体现了纳西族敬畏自然，珍爱环境的优良传统。想着古镇里举步可见的汩汩泉流，不禁敬意油然。从青藏高原一路逐水草而迁居束河的纳西先民，更懂得水源的珍贵，敬畏自然，珍爱环境的意识不是停留在相传中，而是流淌在血液里；从畜牧到农耕，进而到城镇，他们还建立了共同遵守的道德秩序，三眼井，是最生动的"乡规民约"，在三眼井边取水、浣洗的纳西女人，是最美的道德导师，尽管，她们从不谈经论道。

像演员上镜前的独自入戏，旅游也是要给自己独处的空间的。外出旅游，最好安排单飞的时间，以便给个人的品思以天地和从容。福建的南靖县有一处古村叫"塔下村"，同样有水乡风貌。民居沿溪而建，同时兼做客栈，但听村里的老人说，开发为景点前，民居都建在溪流的上游，现在还可以看到。直觉告诉我其中必有玄机，便独自早起，按老人的指点向溪流的上游走去，溪流从高处流下，两岸山形陡逼，破败已荒废的民房错落其中，村口处两山夹持，像一道门，将村子与外界隔离开来。在这样的环境里建村，一是为了便于防范匪患，二是把最好的土地让做农田，老人的介绍因此而证实，同时也深切地感受到村民的艰难和智慧。像这样的收获，非独行是难以获得的。

故事和风景更为丰富的束河就更需这样。都说束河是最好的"发呆"休养地，但在这样一个声名远播的胜地，不早起晚行，又如何真切的感受？在高原的暖阳刚刚照进古镇的时候，你独自地到街上去走走，错落圆滑的石铺街道酣然地睡着，温暖的阳光静静地照在她甜美的脸颊，这时候，你不仅知道了什么叫"发呆"，还理解了游客所说的"身在束河，河水便看不见，摸不着，它叫作——光阴"，是什么意味了。

束河的历史道不尽,束河的故事说不完,束河的神韵深如潭。放眼展望,天下还有更多的文化弦歌,良辰美景,等待人们肌肤相亲,侧耳聆听,心意相通!

在那一瞬间

"就在这一瞬间,才发现,你就在我身边,就在这一瞬间,才发现,失去了你的容颜……"在一间色调古朴的店面前,一位戴着牛仔帽,穿着长筒马靴的姑娘,双手敲着手鼓,反复而机械地哼唱着一首名叫《一瞬间》的歌曲,懒散而神秘的旋律,在曲水悠悠的青石古巷里萦回着。这是我在回顾丽江之行时瞬间跃入眼帘的画面,梦幻迷离是这个高原古城给我的鲜明印象。

丽江的梦幻感还因为一台名叫《印象丽江》的实景剧。这是著名导演张艺谋团队的杰作。舞台走出了剧场,搭在了露天实景里,"之"字形的舞台,模仿了山崖坡道的形状,舞台以雄峻缥缈的玉龙雪山做背景,演员也是当地的群众,一切都体现着真实的情境。雪山、蓝天、山路和穿着民族服饰的青年,已经营造了梦幻的氛围,剧情的高潮部分更是令观众沉浸其中,一时竟忘记了真实的所在。剧情讲述了那个广为流传的纳西族青年男女殉情的故事。雪山之间,高崖之上,一对青年男女,深情地向送行的人们拜别，然后毅然地跨上白马，相拥而去，在悲宏神圣的音乐声里，瞬间没入雪山云雾之中。

梦幻的剧情反映的是真实的故事，而真实的故事本身就有梦幻的特征，这也是纳西族文化的一个特别之处。殉情在今日的丽江已经成为历史，历史告诉我们，那是一个凄美的生命瞬间：一对互生情愫的男女，相约来到一个树木葱郁的地方，害羞地隔着树丛，像鸟儿鸣叫一样婉转地唱起对歌，以应答的方式了解对方的智慧和情意。数日以后，他们终于爱上了对方，深情地定下了终身。他们忐忑地将自己的约定告诉了父母，却遭到了严厉的训斥：婚姻之事岂能儿女自定。相恋之人泪眼汪汪，无力反对，又不舍分离。他们又来到了那个互述衷肠的树林，想起了那个祭司口中所描述的梦幻之地：那个地方叫玉龙第三国，是殉情者的天堂。痴心相爱的人儿在那里将永不分离，情人在那里将永远年轻；那里没有恶言毒语；那里晨雾流云为纱帐，绿草鲜花做地毯，日月星辰为明灯，五彩雉鸟当晨鸡，斑斓红虎当坐骑，琦角白鹿当耕牛，獐子野驴当伴游……他们眼里有了光芒，相拥约定了前往的行程。

他们拿出了全部的积蓄，携手来到古城的集市，买最好看的衣缎，挑最称心的银饰，选最喜欢的腰刀，还有最漂亮的毡布和最好吃的点心，像置办婚事一样，满载而归。他们去到一个有雪山、草坪和鲜花的地方，搭起了像新房一样的毡房，自此，幽静的山野里，日日传来恋人的对歌：

心爱的哥哥，妹是无能的人，只有一张嘴，没有两颗心。生时和睦过，去后也不分。

　　有情的妹妹，丢块石头给哥，哥会当白银，丢块黄土给哥，哥会当黄金。哥会挂着妹，永远不变心。

　　他们不知疲倦地唱着，唱到日落，唱到日出，要把心里的话儿全部告诉心中的爱人。约定的一刻终于到来，他们精心地打扮，穿上了亮丽的衣服，戴上了美丽的头饰，配上了漂亮的腰刀，相拥着走上雪山，走上山崖，像鸟儿一样飞向云海。一个凄美的瞬间留在了雪山，也留在了历史的画册里。

　　这样的瞬间令人感叹，也令人惊叹。据文献记载，纳西族青年殉情的情况，徐徐疾疾已经持续了数百年，殉情已经成为纳西族传统文化的一个组成部分。爱而不得的青年男女前仆后继地舍去尘世的生命，走向《鲁般鲁饶》等东巴典籍里描述的情人国度，这样一种"出格的行为"和神奇的文化，到底是怎么形成的，其留给人们的思考又应是什么，曾引起中外许多学者的关注和探究。殉情，中外和各民族都有，我们熟悉的《罗密欧与朱丽叶》《梁山伯与祝英台》以及《孔雀东南飞》都是殉情的反映，但像纳西族这样将舍身取爱当作诗意重生，并形成集体趋同和民族文化构成的情况却未曾听闻。是什么让纳西族的恋人们相信和投奔那个虚幻迷人的殉情者天堂？是祭司的玄幻舞步和迷离唱腔吗？但没有殉情便没有超度殉情者的经书，也没有道场仪式中的吟诵，所以东巴教的"祭风"仪式该是应运而生的产物。叙事长诗《鲁般鲁饶》属于民间文学作品，是民间集体创作的产物，其中关于殉情者天堂的描绘是纳西族特别是爱而不得的纳西族情侣共同创造的世界。我想这是一种苦到极致的心理反应和需求，自由、和谐、富足、永恒的理想世界是对现实苦难的自我救赎，所谓悲愤出诗人，如果不是苦到极致，哪有如此神奇的想象力？

到过丽江的人在心理上都会有一种神秘、圣洁的自然感受，宏大的山脉、险峻的峡谷，特别是云雾无常的玉龙雪山、玉泉流淌的丽江坝子，无不给人一种自然的伟力和诗意的熏染。生活并局限于其中的人们向往自然、崇拜自然，以及形成浪漫的民族气质，或可看作是自然生成的结果，反映在宗教思想和经文里，也同样是水到渠成的事情。纳西族，在了解了他们在象形文字记录的天真、浪漫气质和天赋后，我不知道还有多少民族能像他们那样，将纯真、浪漫和勇气结合得如此自然和执着，虽然，在殉情一事上，包含着太多的悲切。

说到纳西族和丽江，感性总要挤到理性的前面，可能这是动人的画面太活跃的缘故。我又想起了古城里那个击鼓歌唱的画面，"就在这一瞬间，才发现，你就在我身边，就在这一瞬间，才发现，失去了你的容颜……"我在丽江的街巷，我在古城的庭院，我在玉龙雪山，我走到了云杉坪的边缘，难道这首歌曲是专为丽江和到访的游人而唱的吗？我到了丽江，到了当年那些殉情青年的家园和山间，然而远近搜寻，又"失去了你的容颜"。那个优美而悲壮的瞬间，总在我的眼前浮现又飘散，像是在传递着什么信息。我想到了关于爱情是什么的问题，这个问题太难，我无法解答，但我知道，那些纳西族青年的爱就是真正的爱情，两情相悦，不以门户比对，不以金钱衡量，给土当金，生死相依，为了心爱可以舍弃生命，而且是雪山可证的真实行动，这不是爱情的真义，又是什么呢？

然而可悲的是，朴实与纯真往往与超前结伴，纳西族的恋人们无意地走到了现实的前头，这就触犯了现成的"规矩"，必然就得付出犯规的代价。他们瞪着一双无辜而惊惶的眼睛，忐忑地期望得到规矩的放行，但很快就感受到无可商量的阻断，在这样的情况下，祭司唱词里的殉情国度自然就成为了两个相爱者黑暗里的唯一亮光。鲁迅说，悲剧就是把人生有价值的东西毁灭给人看，这个毁灭爱情的利手就是那吃人的封建礼教，具体的执行者就是包办婚姻。儿女婚姻的"主事"人是父母，这是作为条规写在法律里的，听从内心，自定终身，在封建时代就是犯法。父母之命，媒妁之言，旧时代婚姻的全过程始终贯穿着两个要素：别人的意志和金钱财物，唯独没有自我意愿和感情，这样以服从和交换为特征的婚姻规矩与相爱者的观念是水火不容的两种物质，岂有相融宽释之理。

好在历史终于翻过了旧的一页，使那美丽、悲情又令人怜惜的一跃成为永远的瞬间。那首《一瞬间》的歌曲还在古城的街巷里唱着吗？那首歌的迷离神秘旋律已同玉龙雪山一样，成了丽江古城的背景。我想，即便停止了哼唱，它依旧渗入了古城的青石和屋墙里，"就在这一瞬间，才发现，你就在我身边，就在这一瞬间，才发现，失去了你的容颜……"我愿意将这首歌看作送给那些纳西族殉情者的祭词，希望他们流着眼泪的笑脸一直镌刻在人们的记忆里。

今日的丽江古城，依然沐浴在明媚的阳光之下，玉龙雪山云雾缥缈，青石路面泛着旭日和夕阳的醺晖，家家杨柳垂，户户清泉流，丽江天生的梦幻、浪漫气质没有改变，只是多了一份岁月的沉淀和成熟……

乡愁是一扇关闭的门

婺源于我不是粉墙黛瓦的水墨画,也不是翠谷飘香的油菜花,婺源于我是青石古街里一扇上锁的门。

眼前的这扇木门瘢痕累累,肤色暗沉,尽显时光的久远和生命的苍老,但它却不断地生出一种巨大的吸力,要将我的目光和我的身体吸附,因为,这扇木门里诞生了我的母亲,这扇木门进出过一个孩童,一个少女,一个新娘,还有我的意气风发的父亲……

我是从这扇木门数公里之外的一座山上走过来的,那山的最高处埋着我母亲的魂灵。从山顶俯瞰,婺源古城被一条游龙般的星江围成半岛,像一个留在山谷间的巨大脚印。眼前这扇木门里的小楼,以及小楼相依的青石古街,就在脚印的北侧——一个叫大庙街的地方。

故乡是一个行走过的脚印,留下了变迁的印迹,乡愁也即如影随形。门里的母亲早已离去,带着我们到了好多个新的迁居之地,而今,她又离开了我们,埋葬在出生故居不远的山顶,并化成白雪的身姿飘入深情的星江河水，日夜与故乡偎依。乡愁像是宿命，一直伴随着她，她不喜多语，常在心里回望故乡的过去，正如现在的我，面对着上锁的木门，搜寻和凝视着一段生命的叠影——那个任性的女孩在哪里？挣脱了缠脚的布条，大脚大步，隐没在青石街巷的转角。那个偷偷阅读《红楼梦》的少女在哪里？是否还在二楼那间阴暗的隔间借着油灯翻看未知的人生？那碗会"把舌头一起吃下"的霉豆腐在哪里？那是一道咸辣香鲜的美食，是家乡的味道。那座供奉五显财神的庙宇是否走进过一位书生模样的布商，这书生是我的从未谋面的外公，是母亲的片言只语在我心里留下的残碎简笔，却成为了我永远的记忆。那个轰动的婚礼在哪里？母亲从未提起，但二舅告诉过我，木门里一层的小间，是她与我父亲的住地，外婆则搬到了楼上，与小姨住在了一起。那阵欢响的鞭炮在哪里？母亲的三个弟弟同年大学中榜，青石古街喜气充盈，外婆是否在灶间做着粉蒸肉和糊豆腐，正在蒸雾里暗自窃喜？

门里和门外像是在用力地拉扯，门里是梦里，门外是梦外，现实是最强的角力，终将我拉回到现实里。于是一阵怅惘流遍全身。脚下的青石凹凸不平，像父母的人生，也像我坎坷的心绪。"日暮乡关……烟波江上……"眼前忽然浮现出一支密集的长队，一路南行，一路回望。我知道，这是史书里记载的中原南迁移民的队伍。队伍中可有我母亲的先祖？董氏，可是婺源古城排在前面的大姓。婺源，古徽州的蚺城，三省交界的山间盆地，群峰环侍，像一个藏身避乱的城堡；涧流齐汇，婺水绕城，竹树叠翠，云雾轻萦，又似陶潜所言的世外桃源。于是南迁的队伍停下了脚步，这一停留，便山重水复，承载了满满的乡愁，并代代传递，如婺水南去，不再复返。

乡愁是多数中国人都有的情怀和感受，我和我的父母只是其中的个体。只要查阅一下任一姓氏流迁的路径，就会发现，千百年以来，中华大地上一直在上演着一场持续不断的人流迁徙大剧，一个姓氏，一个家族，甚至一个民族，像河流般流淌，像水网般布散。"你是哪里人"这样的问题其实只能以一个大致的方向来笼统地回答，特别是那些中断族谱维系的人们，来路只能是一个模糊的传说。但乡愁并不会因此而淡薄，因为迁徙已经成为血脉里的记忆，怀乡已经成为了生命的寄托。

我行走在这条青石古街上，那扇关闭的木门始终拂之不去，此情此景，此境此情，似在我耳畔悠悠地唱着一首乡愁的歌，似在向我解释着每个人心里都装着的绵长的乡愁。

乡愁就是一扇关闭的门，探望的人被挡在了门外，但门里的故事却飞进了探望者的心里，紧紧牵扯着你，无论你是寂寂平民，还是赫赫显士。中华大儒朱熹生于福建，卒于福建，却一直以婺源为自己的故乡，初心不变，入梦入怀。因为他父亲的故乡在婺源，先祖的祠堂和故事在婺源，父母的过往就是儿女的前世，先辈的家园就是后代的故乡，不论你身在何方，故乡都在父母和先辈的方向。"故家归来云树长，向来辛苦梦家乡"，与所有在外的游子一样，婺水环绕之地就是朱熹的梦里老家，因为闽地遥隔，路途艰难，无法常回探望而总是"辛苦"梦念，愁自衷来，而为乡愁。婺源故乡的大门并没有阻隔游子朱熹的探望，朱熹一生两次回乡，修葺祖墓、拜谒祖灵都是重要的目的，对朱熹来说，他虔诚拜谒的先祖墓陵才是那扇紧闭的门，阴阳两相隔，亲人不复回，音容已如烟，这才是他虽然有幸拜谒，却"向来辛苦梦家乡"的真实原因，这也是乡愁之歌在所有生者心里萦回不去的真实原因。

乡愁就是一扇关闭的门，探望的人被挡在了门外，门里关着已经逝去的先辈和他们的过往，还有探望者自己已经走远的青春，以及那些触摸不到的故乡的山水，故乡的月，故乡的声音，故乡的人。"戍鼓断人行，边秋一雁声。露从今夜白，月是故乡明。有弟皆分散，无家问死生。寄书长不达，况乃未休兵。"戍鼓声声，兵戈正酣，弟走散失，未知生死，诗人杜甫见月愁怀，遥寄挂念，凄凄乡愁如寒露切肤，这是对故乡亲人思而不得的乡愁。"少小离家老大回，乡音无改鬓毛衰。"诗人贺知章抒发的是青春未还乡，垂老方来归的落寞乡愁。"若为化得身千亿，散上峰头望故乡。"宁愿化解肉身，散落群峰遥望故乡，诗人柳宗元抒发的是心心念念、无法排解的思乡离愁。

乡愁真像一扇关闭的门，门里是故乡，门外是那思乡的人。这扇门使人们思乡的情怀不能心如所愿，更浓烈了人们思乡、爱乡的真挚情怀,并在对故乡与故往的深情回望中,进一步体味亲情和乡情,珍爱生命和人生,从而在乡愁的润泽里净化和升华心灵。这就是乡愁的价值和意义,它告诉了我们这样一个真实的道理,情至深处是忧伤,忧伤深处显真情,因为真切,因为深沉,便能涤荡那些冷漠、自私、俗杂以及狭隘和局促,把自己放到家人、家族和家国的大格局里关照自我,自然会成为一个有人性,有情怀,有品行的可敬可爱之人。

所以,我们要留住乡愁,留住那扇关闭的门。留住乡愁绝不是留住忧愁,更不是无愁造愁,而是保留一颗慎终追远的孝心,留住一腔思人爱乡的情怀,珍惜一段过往生命的年华。所以留住乡愁就应当留住那扇"关闭的门",使乡愁有可依,使回望有可寄,使真情有可寻。

我庆幸自己的故乡之行,我感谢那扇瘢痕累累、寂静无声的苍老木门——大庙街二十四号,千年古街里的一栋徽派老屋,我已故母亲的故居!

探秘鬼市

好奇心驱使，便有了逛鬼市的兴趣和行动。

地点在千年瓷都景德镇。

行前叮嘱和物品的准备已经在积蓄鬼市的神秘："不要随便问价……一毛等于十块，一块等于一百块……走路时小心，别踩坏了古董……"孩子半真半假地说着，虽是有玩笑的成分，心里也难免自警，觉着不能像往常的旅行那样放松。为此还特地配备了逛鬼市的专用工具——手电筒，因为鬼市开在夜里，没有电灯，商品鱼龙混杂，"水很深"，需聚光细看。"买那种聚光性强的"，我特意强调。不觉，自己已经陷入其中。

入住的酒店装修得古色古香，进大门的天井布置成考古挖掘现场的模样，故意凌乱地丢了许多破碎的瓷片和瓦罐，因为是涩白的基调，给人白骨的联想，扶着漆成黑色的铁质楼梯扶手，抬头见一柱阳光从天井上方投下，心里竟有些紧缩。

我知道这是心理作怪，也知道与行前所做的关于鬼市的功课有关。鬼市本是集市，用现在的说法，叫自由市场，但卖的

探秘鬼市

东西来路不明、真假难辨，又开在夜间，散在黎明，所以叫鬼市。黑魆魆里聚，灰蒙蒙里散，黄灯照黄脸，咬耳两私语，人影鬼绰绰。鬼市里的画面变换着在眼前晃动，对鬼市，已经先入为主地产生了诡异幽深的印象。

周一开市，来的物品和淘客最多，鬼市的味道也最浓，不能错过。次日，凌晨4点，闹钟将人从梦里惊醒，一家三口，昏昏然起身。穿衣，洗漱，拿着手电筒，蹑手蹑脚地出了门。大街上空无一人，拐进小巷里的停车场，一辆辆静默的汽车像睡着了一样。汽车发动的声音显得很响，两道光柱在夜幕里起伏划动着，这情景，竟让我突然想起鲁迅小说《药》中，到刑场去买人血馒头的情景，边开车，边觉着好笑。

真是怕什么来什么，漆黑的天幕竟然落下淅沥的雨来，这是最讨厌的，因为据说下雨买卖的人就少了，鬼市也就不纯粹了。先前错过了北京京郊的鬼市，女儿耿耿于怀，此行驱车七百里，她就盼着这景德镇鬼市呢。行前数次查看天气，结果事与愿违。看来纠结之人难免纠结之遇，老天是在故意告诫呢。

整个的城市都在沉睡中，转过一处老建筑，车行到一段直道上，闪闪的光片透过雨刮器照进车厢，前方突然出现黑影的移动，以及含混的人声，靠近了才知这里是一处早市，菜农正在紧张地布货，人车已将道路填满。

鬼市就在前面了。

一个飞檐的门楼，共两层，高高地耸立着，门洞上方，昏黄的灯光下，依稀可见"景德镇""陶瓷古玩城"两块烫金的横匾，恢宏的气势令人兴奋。"已经有人了"，确实，宽阔的停车场已有不少的车辆，门洞口也可以看到行人，但让人失望的是，鬼市里是有灯光的，好在都昏昏欲睡，大概是要保留些鬼市的味道、增加市场的吸引力吧。

古玩城是一个"王"字形的布局，一条很长的甬道，两侧又有数个支道，只进门的一小段通天，其他都有雨棚，也就是说，这里的鬼市是不怕雨的。于是心理闪过的一丝失落，很快便被寻找鬼市的迫切掩盖了。似乎一瞬间，我便与妻儿失散了，我一个人被前方的嘈杂唤引着，径直向甬道的另一端走去。不知是因为前夜睡眠不足，还是眼前遇到的景物与脑海里的构图不相吻合，我一下子掉入一种真假难辨的虚幻之中——这是一种生硬的替换，水产生鲜替代了陶瓷瓦罐，萝卜白菜替代了古玩字画，大声叫卖替代了窃窃私语，我发现自己来到的是菜市而不是鬼市，但眼前的杂乱，脚下的泥泞，倒像是真的"鬼市"了。

掉头转回，从杂乱和泥泞里挣脱，在甬道两侧的支道里看到了熟悉的画面。我像是从歌厅里走出，四下一片安静，昏暗的街面两侧，就地铺着一块块的布毡、纸壳，摆着瓷罐、铜器、窗格木雕之类，一律地灰暗陈旧；布毡、纸壳内侧坐着卖家，目不视人，默然无语。这是鬼市的行情，买则问价，不买则请便，买卖与否，全在眼力和缘分；像垂钓一样，卖家等着"上钩"的愿者，买家也边走边看，觉着有味，便蹲下，打开电筒，作靠近端详状，进一步就有了买卖双方的交流，远远地看去，现出一幅幅灯影里的"促头谈心图"。然而在袖口里或贴着耳朵谈价的情形并未见着，自然也没有看到卖军火、卖军马和卖孩子的情况，那是书上对清末民初京城鬼市的介绍，现在自然是不会有了。后来在地图上发现，这个陶瓷古玩城还有个称呼，叫"综合批发市场"，不仅是买陶瓷古玩，甬道两侧都是挂着招牌的店面，鬼市只是附属，或是一种招引客人的手段。

手里的电筒攥得发热，却始终没有找到打开的机会，不是因为没有上眼的物件儿，而是没有入眼的能力和兴趣，看着那些沾着黄土的瓷器、生着锈斑的铜件、油腻还缺了边角的窗格，真是满眼糊涂，满脑懵懂。

转了几圈，自觉是个局外人，便向门外走去。雨还在下着，天已经灰亮，却看不出卖家们收摊的迹象。我在车上刚闭了一会儿眼，就听见女儿的笑声从远处传来。妻子似乎远征而归，兴奋又小心地将一个瓷盘用毯子包起，像婴儿一样占据后座的一个专属位子。原来她淘到一个印着"吉祥经"的青花瓷盘。上书："勿近愚痴人，应与智者交，尊敬有德者，是为最吉祥……"一共数排。

虽不是价值连城的宝物，但审美和寓意均符合心意，便是十分值得了。

天已大亮，雨势渐收，一家人告别"陶瓷古玩城"的金字招牌，载着后座上的宝贝，踏上了七百里的归途。鬼市，也从此加入我们人生经历和体验的宝库之中。

桥里桥外

周庄喧闹的叫卖和夹道相迎的"老字号"将我们赶到了乌镇。于是决定以清静、单纯的标准游览江南水乡。

小桥、流水、枕河人家以及桨声清波里的乌篷船，这是乌镇水乡的四个要素，缺少了任意一个都会影响古镇的立体感和稳定感。但我担心目光的游移，容易看到太多"现代"的元素，破坏了"访古"的纯粹，而古桥在乌镇水乡的四要素里排在首位，且乌篷船本质上也是桥，因此无论从地位的尊贵、内容的丰富，还是游览的效果来说，专心看桥都是明智的。

清晨，我静静地走入了静静的乌镇。没有方向，却有目标——桥，所有进入视野里的桥。不久我便陷入了水乡古桥的招引里。

桥，移步就是桥，放眼就是桥，如弯月的，如圆日的，像横梁的，像马蹄的，还有立屋加盖的，形似如意的。乌镇河道多，因此桥就多，在西栅这一块儿，屋子都建在被河道划开的绿洲里，桥就在那些离散的绿洲间出没，一洲一洲，横横纵纵，

旅思云想

将绿洲串联了起来，水乡也就在这桥的串联中凸显出了面容和神韵。

　　站在桥的高处，可以看到另一处隔水的绿洲被一桥连接，桥将一块新的绿洲奉献给了你。下得桥来，又望见远处两岸的房屋间，有一桥高高地隆起，将天空画了一个半圆，桥头深深地扎入两侧的建筑里，屋角有绿植探出，桥因此给了你一个未知的导引。水乡的古桥不仅变换着形状，也变换着神态。有的桥，石缝里长出绿绿的植物，像扎在头上的花儿，绿水衬托之中，现出一幅妩媚；有的桥，印着黑褐的瘢迹，桥阶凹陷光滑，又现出一份悠远的苍老，它们就这样老老地躺在那里，将时光凝固，也将时光延伸，用它苍老的面容和姿态，帮你找到"古镇"的感觉和感动。古桥也并非总是安静，通体褐黑的船儿摇摆着向古桥驶来，又从桥洞里缓缓地晃过，桥与船之间一拥一别，桥也似乎动了起来，这是古镇的一种灵动，动和静，古桥都给了你。桥不仅将动和静结合，还把时空交叠在了一起，让你在面对它的时候，获得一种无法言表的时空感受。走累了，我坐在河边的石阶上看到这样的情景：远处的拱桥上，游人三三两两，说着断断续续的话，彩色的衣装与古朴的石桥拼接在一起，古代和现代，古往和今来在晨光中交叠，凝固和移动，我坐在那里，一种强烈的感慨在心间涌起。

　　乌镇的桥在悠长的河道里只是短短的一节，在密集的古居间只是间或的一瞬，但它给古镇和游人的贡献却是巨大的。年长和年轻的游客在青石的街道里走得单调了，此时在拱桥上一上一下，划了一个弧线，便又到了一个新鲜的地界，这感受的变化是桥给予的。此外桥还真真实实地给了人们安全的感受和领悟——在乌镇的街巷里游走，每每看到河对岸的景观想要前往探究时，只要稍一顾盼，就能见到一桥横卧，两岸变通途，心绪一下子就通畅轻松起来，生活中的安全感不就是这种日常行为的顺畅感吗？顺畅就是安全，舒服就是幸福，这是景点建设要考虑的内容，也是游人要品味的内容。

　　有了品味的旅游，也就有了旅游的品位，自然会有更多的收获。但要做到这一点，还需有可供品味的景观，乌镇的古桥正是这样的景观。石桥在乌镇已经兼具了实用和艺术的效果，狭窄的河道与两岸的建筑形成了下窄上阔的立体空间，一桥如虹，串联两岸，石栏低矮，没有遮拦，走在桥上，桥就成了展示行人风姿的 T 台——你还可以进一步品味其中的韵味，如桥桥相叠，水映洞天；低头驶过，大江大河。乌镇的桥给了人们更多的发现和想象的空间。

　　桥的贡献其实是造桥者的贡献，只是这种贡献有的含蓄，有的直接，你看这座叫"通安桥"的古桥，造桥人就直接教导起行人来：桥面雕刻的"轮回"图案，是要提醒你过桥时要想到因果报应，时时牢记从善止恶，多积功德。这是古代的德育，是刻在石头里可以日日目染的形象化德育。

桥给了人们教导，桥更讲述了历史和故事。乌镇的桥是一段凝固的历史，像乌镇里所有的古迹一样，是乌镇核心的价值所在，了解它和发掘它，于游人来说，关系到旅游的质量，于经营者来说，则关系到开发的价值。乌镇古桥里藏着的历史太丰富，乌镇古桥里讲述的故事太精彩。"寒树烟中尽乌成六朝之地，夕阳帆处是吴兴几点远山"，通济桥南的这副桥联向我们讲述了一段千年以前昭明太子萧统离开国都建康，跟着老师沈约到乌镇读书学习的故事。沈约要回乌镇祭拜尽孝，不得不回，太子则因怕耽误学业而随其返乡，于是在乌镇的小桥深宅里上演了一出"太子陪太子师读书"的故事。古桥因这个故事而生动，古镇也因这个故事而扬名。历史的厚度与景观的厚度是紧密相关的。

相较于宫廷秘事、显达事迹和朝廷政举，百姓历史生活的浮现更具有文化旅游的价值，因为街巷烟火，百姓悲欢，平民情怀，更具有普遍性和民众性，因此也更具有亲切感和吸引力。历史上乌镇的生活也写在了古桥里：定升桥、雨读桥和晴耕桥，三座古桥合在一起，向人们复现了古代乌镇人民躬耕勤读，祈愿高升的生动情境。定升桥是乌镇河道上的一座三孔拱桥，高高的桥顶让人联想到通天的梯子，时光回溯到古代，可以看到手拿状元糕的孩子，在父母的授意下拾级而上，从桥上走过，脸上带着微笑和懵懂，寓意将来金榜题名。甚至可以想象，有心怀高升心愿的士子，装作无事一般，晃荡着上桥，在桥顶停步环望，心里想讨个吉利。"定升桥"，叫得直白，取得真切。

　　有意思的是，定升桥的西北侧有一座"雨读桥"，雨读桥的北面隔河又见一座"晴耕桥"，雨读桥上刻意加了顶棚和靠椅，而晴耕桥则裸着桥身——"晴耕雨读"，两座石桥呼应着展开了一幅乌镇农家子弟晴时挥汗劳作，雨间檐下捧读的生动画面。乌镇在古代是一个响着炒锅声、打铁声的烟火之地，但同时也是飘着浓浓书香的读书之乡，读书向学已成为乌镇的民风，对此，乌镇的后代、作家木心曾生动地描述道："乌镇的历代后彦，学而优则仕，仕而归则商，豪门巨宅，林园相连……寻常百姓也不乏出口成章、白壁题诗者，故每逢喜庆吊唁红白事，贺幛挽联挂得密密层层，来宾指指点点都能说出一番道理。骚士结社，清客成帮，琴棋书画样样来得。"乌镇的古桥里确实藏着乌镇人民的生活。

　　看桥归来，心满意足，便不再担心接续的游览看到酒吧和西餐馆，也不再担心遭遇嘈杂的人声和拥挤的人流。

　　看桥归来，对乌镇的桥有了一番新的感受和认识。桥是乌镇一本凝固的历史，桥是乌镇一段浓缩的故事，桥连接了河道，也连接了时光。希望乌镇的宅院街巷、乌船摇橹也能如它的古桥一般，纯粹、安静，古意浓厚。

旅思云想

夜探紫禁城

　　故宫是明清两朝的遗迹，历史的影像，自然是不宜在喧闹的环境中观品的，因为喧闹就像思维的铁栅栏，会阻止你"进入"。

　　因此，这"故宫"显然是不能从天安门进入的，因为那是游客们进宫的常规路线，天安门广场—金水桥—天安门，一路浩浩荡荡，熙熙攘攘，待在午门前验了票"入宫"，故宫早已成为嘈杂的集市，看热闹和猎奇可，"穿越"和品味却困难。

　　怎么办呢？其实答案已经明了，那就是赶早和抄近路。进故宫还真有近路，能够直接在午门前等候。信息是女儿与故宫的工作人员在微博上联系得知的，也印证了那句老话，"没有不透风的宫墙"。

　　我们选了东华门那条路。为了掌控时间，前一晚特地去探路，这样，进宫前便有了"探宫"的环节和经历，不想，竟又有意外之获。

　　东华门是故宫的一扇侧门，门左侧，沿城墙有一条Z字形的窄路，可以通向故宫的正门午门。或许是晚饭时点，又加上天气寒冷，路上少有行人。转过弯来，便站在了午门前。夜幕下，故宫的大门紧闭着，宫殿的檐顶黑森森地翘起，给人一种神秘和压迫感。沉寂之时，忽然从身后传来一道嘹亮又欢快的歌声：

"九九那个艳阳天来哟，十八岁的哥哥呀，坐在河边，东风呀吹得那个风车儿转哪，蚕豆花儿香啊麦苗儿鲜……"循声望去，歌声是从一位男子身上挂着的收音机里发出的。他神情振奋地大步走着，身旁还跟着一条欢快的灰白大狗，旋律和场面与沉静、威严的紫禁城虽不协调，却透着趣味和生机——毕竟，紫禁城已是现代的故宫，今人已是现实的主人，皇宫禁域已经是休闲观光的地方了。

探清了赶早进宫的路线，放心地原路返回，心无负担，便留意起周边的环境来。这条皇城根下的窄路已与边上的护城河一道，被辟为市民休闲娱乐的公园。这是一条带状的公园，只简单地设有几处石质的坐凳，沿河几盏路灯透过丝状的枝条，发出温暗的光。神奇的是，河对岸的不远处便是天安门和长安街，隔着河对岸黑黝的树冠，长安街的灯光如火一样，照亮了天空，那是一个车水马龙的热闹地界，而这里却是幽静的一隅，长安街的灯火和喧闹似乎也以河为界了。

幽暗的灯光在冰冻的河面拖出长短不一的光迹，一弯晕月高悬在城头、枝梢。忽地有种置身江南烟笼水乡的幽静和闲适。

正沉浸着，一道悠长婉转的歌声穿过夜幕，沁入心脾，那是一种很有韵味的京剧唱腔，似在传达思念，又似抒发悲怀。走近了，才知歌者是一位中年女子，她面对着冰封的筒子河，旁若无人地唱着，陶醉在自我的世界中。正所谓"夜静一首曲，独吟无相亲，以歌邀明月，对影成三人"。我被眼前的场景感动，不禁闭目，抬首。京戏，古城，明月，只一瞬，便似时空倒转，满足了我访古的情怀。

一曲终，我回味无穷地离去，却在不远处的草坪旁，再次驻足。一台搁在草坪上的收音机里，传来京味浓厚的段子，像是侯宝林的一个老相声段子。边上三四人正围拢着，一边闲话，一边看着自家肥壮的狗儿相互嬉闹。不胜欢喜。

再向前一小段，便又回到了红漆的东华门前。门两侧的城墙清灰着脸，肃立着，似乎将时光凝固。但我知道，时光有如长河，带着不同的话语，不同的情怀，从过去流淌至现在，亦连接着往昔与今朝。

邂　逅

早春二月，春寒料峭，我们步入圆明园。

那个可谓是"镇园之宝"的古迹"大水法"，孤处于园中一隅。残垣断壁，也只能隔着绳索，诉说着往日的辉煌与屈辱。加之天寒地冻，草木枯黄，又是节假期间，游人稀疏，公园便更显得空旷和沉寂。

然而耀眼的春阳却似乎在执意地撩拨着万物和人心，抬眼望去，惊喜地发现，柳树已经悄悄地化上了淡妆。北方的春天和南方不同，南方的春天是旧的未去，新的已来，北方却是按着顺序变换，旧去新来，令人顿生惊喜。我激动地将镜头对上树冠：柳条已经生出嫩黄的叶子，蓝天为幕，生机熠熠。我仍然裹着厚重的冬衣，哪知春天——已经来了！

留心看了看本以为封冻的湖面，更是惊喜，湖面上出现几块亮色，那是化开的湖水，此刻正泛着涟漪，其间有黑影在移动，于是将镜头拉近，才知是游戏、捕食的鸭子。正应了"春江水暖鸭先知"。春天的电波其实早就发出了，只是人们没有刻意去辨听、搜寻罢了。

发现和感知到春来了，入园时的沉抑便悄然融化，春天的大戏也便在这时张扬地登场了。

不远处传来大提琴的悠扬旋律，将我的视线和脚步吸引过去：靠湖的一处，有一伸向湖面的观景平台，栏杆上挂着一条红色的横幅，上书，"荷畔书香—想北平—朗诵港湾"。一中年女子正深情地朗诵着："那榆荫下的一潭，不是清泉，是天上虹；揉碎在浮藻间，沉淀着彩虹似的梦。寻梦？撑一支长篙，向青草更青处漫溯；满载一船星辉，在星辉斑斓里放歌……"是那首著名的《再别康桥》。伴着抒情的旋律，悠扬的朗诵如甘泉般流入我的心里，而她也完全沉浸在诗歌的意境之中。渐渐地，游人不断加入聆听的队伍，一律地停下脚步，停止话语，投以注目，在树下，在坡上，在早春和自然天地间，筑成了乐谱一样的观众席。

我莫名地激动了。目光越过朗诵者，看到一位老人面对着湖水，倚着栏杆，手捧稿纸，忘我地默念着，做着演出前的准备。不久，他的演出开始了。那是一种沉厚的旋律，那是一种浑厚的声音，那是一种激荡的情怀，著名诗人食指的《相信未来》：

当蜘蛛网无情地查封了我的炉台，
当灰烬的余烟叹息着贫困的悲哀，

我依然固执地铺平失望的灰烬，
　　用美丽的雪花写下：相信未来！

　　当我的紫葡萄化为深秋的露水，
　　当我的鲜花依偎在别人的情怀，
　　我依然固执地用凝霜的枯藤，
　　在凄凉的大地上写下：相信未来！

　　他专注地朗诵着，跟随着诗句的节奏和音乐的韵律，或看一下诗稿，或眺望前方，至"相信未来"一句，戛然而止，目光伸向远方。

　　在这寒冷的季节、浮躁的生活里，竟有这样一群以朗诵为乐的人，以公园为剧场，以湖岸为舞台，与杨柳绿水为伴，不求观众与掌声，只与自我的心灵对话，在天人融合间求取自励、感悟、陶冶和欢快。虽为奇异，却令人敬佩！

　　春游圆明园，诗情满满的邂逅。

补　记

　　观景平台边挂着一块红色的牌子，上书"只要执着，很快就是我们其中的一员"。加微信群："想北平"，诵港湾。联系人："大侠"。

回南方后我屡次想起湖边的一幕，出于好奇和想进一步了解的心情，便加了大侠的微信，才知大侠是朗诵团队的组织人，这是一个自娱自乐的集体，定期活动，并在微信群里教学和交流朗诵心得。

"港湾"？我明白了，这是一群心灵家园的自建者。